行吟中国

中册

张家界市国际旅游诗歌协会
中国国际旅游诗歌联盟 编

吟唱
祖国美好山河
推进诗歌文化与
旅游的更好融合
让诗歌艺术与
旅游文化共同发展

中国书籍出版社
China Book Press

图书在版编目(CIP)数据

行吟中国：上中下 / 张家界市国际旅游诗歌协会，中国国际旅游诗歌联盟编. -- 北京：中国书籍出版社，2021.9

ISBN 978-7-5068-8651-2

Ⅰ.①行… Ⅱ.①张…②中… Ⅲ.①诗集-中国-当代 Ⅳ.①I227

中国版本图书馆 CIP 数据核字(2021)第 197245 号

行吟中国（上中下）

张家界市国际旅游诗歌协会　中国国际旅游诗歌联盟　编

责任编辑	成晓春
责任印制	孙马飞　马　芝
出版发行	中国书籍出版社
地　　址	北京市丰台区三路居路 97 号（邮编：100073）
电　　话	(010)52257143（总编室）　(010)52257140（发行部）
电子邮箱	eo@chinabp.com.cn
经　　销	全国新华书店
印　　刷	成都兴怡包装装潢有限公司
开　　本	880 毫米×1230 毫米　1/32
字　　数	485 千字
印　　张	27
版　　次	2021 年 10 月第 1 版
印　　次	2021 年 10 月第 1 次印刷
书　　号	ISBN 978-7-5068-8651-2
定　　价	168.00 元（全三册）

版权所有　翻印必究

目录
CONTENTS

田斌的作品　　　　　　　　　001
蒲素平的作品　　　　　　　　005
解黎晴的作品　　　　　　　　009
龙鸣的作品　　　　　　　　　013
涂国文的作品　　　　　　　　021
周维强的作品　　　　　　　　035
潘志远的作品　　　　　　　　039
聂沛的作品　　　　　　　　　042
刘福申的作品　　　　　　　　052
其然的作品　　　　　　　　　055
车驰的作品　　　　　　　　　061
胡庆军的作品　　　　　　　　063
项见闻的作品　　　　　　　　066
王悦刚的作品　　　　　　　　075

（新西兰）淑文的作品	079
朱先贵的作品	085
魏国保的作品	091
田人的作品	095
陈惠芳的作品	098
李龙年的作品	109
陈华美的作品	118
郑友贵的作品	123
何苦的作品	128
徐正华的作品	132
刘巧的作品	136
陈于晓的作品	139
玩偶的作品	143
魏先和的作品	147
梁尔源的作品	151
李不嫁的作品	163
英伦的作品	165
梁书正的作品	170
张兴诚的作品	171
张沐兴的作品	174
姚红岩的作品	176
李盛的作品	187
野松的作品	208

唐成茂的作品	220
刘笑宇的作品	230
周瑟瑟的作品	237
李利拉的作品	242
朱建业的作品	245
肖和元的作品	250
李小英的作品	255
孟小语的作品	264
马萧萧的作品	268
王芳闻的作品	273

田斌的作品

洞藏

连鬼斧神工都懂得洞藏
你看，那么多惟妙惟肖的景
不是攀岩附壁，就是藏身其间
如酒，弥久醇香，醉人

那一尊坐守洞口的雄狮，笑口迎宾
浑身顺滑的丝毛，触手可及

抬头仰望，女娲飞天
补天的传说如影随形

脚踏飞轮，手执长缨
哪吒闹海，也闹天

大雄宝殿之内
定海神针如柱,云蒸雾绕

钟乳附身向下,一滴一滴挤出乳汁
滋养大地深恩,不曾停歇

石笋是时间累积,铮铮铁骨
如剑,如戈,如戟

惊奇处,岩顶有蝙蝠翔动
一坨一坨像粘在其上的黑屎

你穿梭其间,魂牵梦绕
目光让导游的手电指认一切

出口迎风,吹醒了你的梦
还俗之身,沐艳艳骄阳

这时你才如有所悟
藏与不藏,两重天

悬挂在钟乳石笔尖的那滴水

悬挂在钟乳石笔尖的那滴水
"嘀嗒",溅起了暗河中的微澜

整个溶洞好像晃了下
我的心魂好像晃了下
这笔尖滴落的墨汁
旋即遁入了暗河的清澈

悬挂在钟乳石笔尖的那滴水
似落未落，晶莹的，圆润的
让所有人都抬头仰望
水有滴水穿石的韧劲
也有把自己汇成河流的凝聚力
更有把自己变成石头的魔力

水的滴落，从何时开始
谁都无法考究，只听讲解员说
这钟乳石都是水滴雕琢
一点一滴生成
每一滴水都是石头活的灵魂
每一块石头都是水美的化身

一滴水从钟乳石的笔尖
倏地钻入我的脖颈
这像是神谕——
它不是想丰沛我汹涌的血液
就是想增添我骨头的钙质

仙人山

那么多仙人
凝望成石头
在山的层峦叠翠中沉醉,沐风
忘了归途

我掉进它们美的陷阱里
迈不动脚步

天门洞

上帝开的一扇窗
让我们用眼睛看
山这边,山那边

攀援的阶梯
是上帝抓在手里的绳索
让天门洞这只风筝
怎么飞
也飞不高

带着神秘的诱惑
招引无数探密者的脚步

蒲素平的作品

西藏山水贴（组诗）

1. 雅鲁藏布江

从哪里转折？
涛涛之水和我并肩行进了五百里，突然背离我
让我无法说出内心想好的词。
来自雪山，又远离雪山
多像爱情，来自吸引，终止于吸引
来自纠缠，去于远方。
去了，一路自己拥挤着自己并渐渐筋疲力尽

那些可有可无的岸，都来自自身
来自背后山脉的走动
一个人走的道路荒芜已久
那些叫不出名字的草丛，可藏下一只猛虎
在里面孤独地奔跑跳跃。
犹如那些热闹的词，都出于荒芜之地

白云远去，那些水有着无用的力量
不断耗尽，又不断生长，不断向前
向一个自己不知道的目的流去
一排的一排的水
水顺从着自己的身体，用一生的时间
水会减少，但水会死去吗？
雅鲁藏布江有着无穷的水，
像历史的车轮，自己不能控制自己的方向
只是沿着自己身体，一茬茬向前去。

哎，这无知的人间。

2. 安久拉山口
天空越来薄，终于撑不住了
一些雪花跌落下来。
我站在安久拉山口一处观景台上
群山慢慢披上孝衣。这么大的山
正慢慢隐去真相。
世界以白之名义，让夏季消失
让泪水全无，让站出来的人，重新归队。
四周零星几个人，几辆车，他们在看什么？
这么冷了，风都刮伤了石头
那些石头，有的白有的黑
有的埋下头，藏起万古的悲愁。

如果再向远处看看
万物正统一到稀薄氧气的名下
周围的陌生人因为大口呼吸而分了神
他们一定辨不清哪一个是虚拟的安久拉
那一座山是真的安久拉。

天空完全跌了下来，安久拉迅速变黑。
连雪都在朝黑夜飘去。

3. 行走在七十二道拐上

这曲奇的路，是折返的命运。
我来了，错过了昨天
错过了你十八次下落的转换
错过了一棵草在你身边发芽和枯黄。
一望无际的大雾
以液体转为固体，又以固体转为气体
最终成为高原上的一把盐，晶莹，剔透
让世间感觉生活之咸。
我转过一个弯，重新见到你
层层叠叠的美，洒落在民间。
生死已成定数
飞尘如时光，在此缓缓下落
我无法停下来和你对话
身边是三千尺的危崖
我看到一个坠崖者的荒芜。

磕长头的人和我擦肩而过。
我看见一个人的辽阔
那是十万年前的辽阔。
转过一道弯。
又转过一道弯。
太阳出来了,一会儿上升
一会儿下坠。这些起起落落的光
我统称为时光或者光芒。
犹如背后那一基高大的铁塔
得完全越过七十二道拐之后,才能看见。

有时,看不见是一种美,如此刻。
我独自穿过七十二道拐和无尽的时光

解黎晴的作品

又向桃花源里来（四首）

谒靖节祠五柳先生衣冠墓
青苔在碑上爬出一片绿色的诗篇
黄土圆圆地隆起沉默的绝望
几簇荆丛缠绕岩缝里开出的野花
五株柳荫覆盖冷冷的孤独
鸟雀播一串欢乐驱散热热的寂寞
太阳的火欲将你重新铸造
星月的水也想洗浴使你复活
脱缰的犍牛在远处嘶鸣
锄头锈蚀啃不动僵硬的年华
鸦噪声中落日站立的墓碑已残破
想说话找不到言辞交谈
痛哭没有眼泪让心底的希望萌发新芽
瞩望着云的灵幡迎风飞扬

怀着一个朦胧的愿望注视松涛
在岭上独自默默地陪伴烟霞……

忘岁园的那朵梅
冬的冷酷以雪的形式来临
飞扬的雪花你这散布谗言的魔鬼
欲把春的笑容禁锢在风刀霜剑里
每一朵高贵的气质孕育着动听的
歌谣，让人沉醉
她，就是忘岁园的那朵梅

她的一辨辨舒展的脉络里
血，凝成花蕾
成为呼唤春天的一枝枝传媒
高扬林和靖先生的一行行诗句
将灵魂的高洁悄悄吐蕊
她，就是忘岁园的那朵梅

在无边的雪地开出花朵的梅
馨香，一缕缕随风从严寒中突围
尘世中，唯有这凛然的花枝
冬天里彤红的骄傲
摇曳着万物为之倾倒的美
她，就是忘岁园的那朵梅

静默的欢呼声中
我掂出了爱的分量
霞光满天的思想在枝头盛开
即便是悲剧何况还是喜剧呢
也照样呈现出笑的无畏
她,就是忘岁园的那朵梅

南山垭口

古寺的檐下飞出许多恐怖
一只野山羊黄昏般静止
几头野猪追逐落日头

茅草路,山歌一样的枯黄
一两点流萤又照亮了遥远
背篓的汉子低头向上走

烟头,在黑暗更深处闪烁
一声轻咳勾起看不清面目的交谈
选择各自的走向同在这处垭口

碧桃花绽开的秘语

你,樱桃小口轻轻吐出的一声小名
是从碧桃树上采撷的一枝含苞的羞怯
珍藏心底漾开脸庞的两朵红晕
小名是妈妈的深情铸成的金钥匙

让我开启你紧闭的道道秘门
擎着花束祈求山雨如酥的温润
你掠过一阵淘气而狂野的风
走入桃花林踪迹像幽径飘忽不定的追寻
却把娇笑散作满谷幽兰的清芬
那第一个纯情的甜蜜荡漾的笑靥
绽开一树粉红的香馨
将阵雨般飞泻的梅花冰弹
拨成重重叠叠的玫瑰色和弦
你从容地穿过那片灵境之外的开阔地
一任狂风将披散的长发梳成旗
洒落瓣瓣笑声……

龙鸣的作品

汨罗行吟（9首）

1. 河泊潭怀沙
在水里驾驭自己的肉身
比在岸上悲壮
宽大的长袍里
灌满一些嘈杂的沙子

干净的沙子。腐臭的沙子
高贵的沙子。阴暗的沙子
……
一盘散沙的沙子

一具干净的肉身
在不安的波浪间反复淘洗
而我，长久伫立江岸

流下悲凉又谦卑的泪水
我们从不低下
沙砾一样坚硬的头颅
（注：河泊潭，位于汨罗市郊，屈原投江处。）

2. 在屈子祠
王驾前苦谏的那个人，是被贬谪的
屈大夫
盘桓在城门的那个人，是不再归来的
流浪汉

不相信，一个高居庙堂的人
不会选择去流浪
不相信，一个流浪的人
会再次盘桓在城郭下

掩埋真相的人，
遗臭于荒野
客死他乡的人，还活在原乡

一个跪在屈子祠里祈祷的人
是一个读破了《离骚》的人

3. 一颗粽子的告白
被收割，必须承受镰刀划破秋风。
被去皮，必须承受一丝不挂的

肉体，裸露羞耻。
被烹煮，必须承受三昧真火，
打破了丹炉。
被揉搓，必须承受千斤石臼，
碾压了山河。
被捆绑，必须承受蒙蔽与排挤。
撕扯与分裂。

必须紧，拒绝松
必须苦，拒绝甜
必须硬，拒绝软
必须白，拒绝黑
必须清，拒绝浊
必须远，拒绝近
必须方，拒绝圆

宁愿魂散于澄澈的碧涛
而化为碧涛
亦不能接受谄媚的绳索
而成为绳索

4. 左徒十二冢

十二座土堆，就是一捧尘土
骨骸放弃了皮肉
心跳放弃了体温

头颅放弃了幻想
灵魂放弃了溃烂

一群乌鸦
落在高一点的墓碑上
苟活的黑，吞噬旷世的白
它们借助风，往高处飞
我也任由风
吹得满脸尘埃。满脸尘埃

渔父亮出他哲理的前额："沧浪之水
浊兮，可以濯吾足"
我答：这旷世的逆淘汰呵！逆淘汰

5. 龙舟都是最快的船

一条随波，但不逐流的船
逆流而上时，
不会与迎头而来的浪花
达成和解。水交出溃逃的泡沫
交出惊恐的砂砾

水不会撞击水
船会用坚硬的前额
擦伤水的腹部

一条顺风顺水的船
不再与流水较劲
落日西沉
一只渐渐丢失码头的船
它会搁浅在自己的倒影上

一条太快的船
会因划在最前面而孤单
会因孤单而碰碎了肉身

划在第二名的那条船
赶超第一名的那条船
它腾云驾雾，它布满鳞片
拒绝迎面而来的暗礁

6. 邂逅玉笥一棵橘

我们兄弟俩
害着同样的思乡病。现在，
只有两棵树
坐在这个小小村落，肩并着肩
孤独挨着孤独

我唱"密密枝丫呵举向天空，
浑身毛孔呵只长尖刺"
你写《涉江》。写《哀郢》。

写《怀沙》……只是，
不再写一棵树，它"苏世独立，
横而不流兮"

两个光秃秃的人，如果不紧挨着
就会被风折断

7. 香草拥抱了众多朝露
叫做"菔"的苍耳子，拽住我的
长发。
叫做"荓"的浮萍，成了我的
小兄弟。
就在汨水边扎营吧！这是雨后的
罗城。

从菖蒲塘采来"兰荪"
从黍芝堂采来"紫芝"
身上插满香蒿，幽兰
用薜荔做成"凉粉坨"。从沼泽里
挖来白蘋
祭祀我的远祖高阳

扶桑花春天红过，秋天依然红着
女婴怀抱朝露
唱着我刚写好的《惜往日》，

泪水滚落在，脚下的湘水
天边的密云，把太阳，
扔在泽畔的泥淖
阴影上，爬满剧毒的宿莽

而想象，随时会实现的想象
香草挽留的邻居，
看露珠样干净的尘世

8. 夜宿汨罗江畔

三天了，我还不想返程
眼下风调雨顺。
还不急于找到一种投江的方式

夜半。秋风起，江浪急
大夫赤双脚，披香草
唱着"常颛颔亦何伤"
他向我招手，喊我大王
一夜急白的头，在地上磕出了鲜血

我有纵横的江山
我有细腰的美人
我过去扶住他。这个枯瘦
如柴的老头，多像一位父亲

水深。透骨地寒，惊醒
幸好，只是梦里投江
幸好，眼前江山如旧

9. 一个村庄叫屈原
叫一个名字，不像写《离骚》那么难
这里原来盛产诗，现在种稻，养鱼
老百姓都文绉绉的
都会说"路漫漫其修远兮"
新农村小广播播出
循环发展。绿色生态。规模养殖

他们只在农闲时节
挂菖蒲包粽子赛龙舟
学祖先那样喊魂

"屈原村多远？"来凭吊的外乡人
叫着村子的名字
他们来谈稻谷，谈果蔬与祭祀
必先叫出那个前朝的人

涂国文的作品

卸去翅膀,你更稳固地抓住了经卷(组诗)

桐柏宫
桐柏宫像一只壶盖
盖在桐柏山这把老酒壶上

在一群酒徒眼里
人世中的一切莫不与酒有关

无山不是酒壶
无水不是美酒

盘山公路是一缕最烈的酒香
袅袅直上云天

满山的钟磬声
是酒杯碰撞的脆响

夕阳趴在翘檐上,一脸酡颜
云醉了,风伸手扶住

唯有大殿小殿里的神仙们
从不沾酒

他们坐在香火后,慈祥地
看着人间

国清寺
众生合掌,将海晏河清的祈愿
以寺的形式,从指尖顶起

国清寺,这件隋朝的袈裟
天台山,一穿就是一千四百余年

也曾用鸟声和流水浆洗过
可天台宗的香火味反倒越洗越浓

石级的衣褶上,蚁行着
八方而来的取经客、香客和游客

佛从泥胎木塑中现身，他们
亲近人间的姿态，如此平易和蔼

大佛们普遍相貌堂堂
即使金刚怒目也正气凛然

告别国清寺时，我也成了一尊佛
一尊自己的佛——

金刚怒目，伏魔降妖
菩萨低眉，悲悯人世

隋塔
因为你的矗立，短命的隋朝
才没有被盛唐完全遮蔽

天台宗的教义，披着一件绛紫色袈裟
踏着你的肋骨，一步步升上云端

作为塔，你习惯于屹立在高处
将飘落满山的寂静，牵引至一种高度

为了让塔底的蚂蚁能够眺望日月星辰
你不惜取消塔头，选择空心

木质的斗拱飞檐早已毁于火患
卸去翅膀的你,更稳固地抓住了经卷

千年的塔身上布满洞穴
像一个个鸟巢,供过往的鸟鸣声栖歇

一枚粗壮的旋纹镙钉,将南宗祖庭的
荣誉,牢牢地钉在天台山上

今后只要一想起在运河中行舟的王朝
我一定会同时想起你

隋梅
在国清寺里活了一千四百多年
连花朵也开成了三谛圆融的教义

那么老,颜值却丝毫也不输于新枝
她一定修成了不老法身

总是在严寒里烂漫。寒流越急
花越恣肆,如在劫难中生长的道行

苍龙般的根一头扎入地底
像要从泥土中,溅起一捧浪花

春风中她骑上墙头。恍惚间
我看见一双绣花鞋在空中晃荡

树下趺坐的高僧已入定千年
身底的石头化为飘浮的祥云

一枚枚饱满的钟磬声纷纷落下枝头
这时光的正果,又被飞鸟之喙捡拾

每个人的心里都住着一株隋梅
有时暗香浮动,有时大雪纷飞

盐官
一个古老的名词,两千多岁了
一直作为主语,出现在汉语中:盐官观潮

它从瞳仁里抛出两道粗壮的缆绳
从遥远的太平洋拽来一场场潮汐

一个安静的名词,体内却包裹着千钧雷霆
和贴着海面横扫而来的闪电

一个潮湿的名词,从没有干爽过
海鸥与浪花,在它的词义里翱翔

一个咸津津的名词,咸得就像六月天
从海塘壮健的臂膀上滚淌的汗水

盐官:一个天底下最牛的官
戴着大海的冠冕,傲立潮头

占鳌塔与海神庙像两个严厉的副词
将云水之怒严格规限在安宁吉祥中

这个名词就像一粒种子,播撒在钱塘江畔
繁衍出一篇《观潮节》的千古雄文

每一个男人
都应熟悉这样一个风云激荡的名词

每个男人的一生
都应卷起这样一场波澜壮阔的大潮

浙东运河

浙东运河是有个性的。它拂逆帝国的意志
拒绝南北贯通的邀宠
坚守水流的本性
自西向东,一路浩荡

它不流向北方的宫阙,只流向海鸥的故乡
它用一柄月光的长剑

将自北而南汨汨流淌的夜色
削成一截截呜咽的箫管

它将沿途的涛声,扭结成一座座碶闸和堰坝
桥梁的身价每抬高一丈
它的身躯就俯下一尺
为了游入大海,它不惜向着低处一路俯冲

甚至,它只专注于航运、灌溉和水驿
而慵懒于漕运,慵懒于迎接帝王南巡的画舫
一只白鹭,收纳了它头上的白云
血管里的银色浪花,和骨子里的自由

白玉长堤上,纤夫们隆起古铜色的背脊
躬身在一抹夕照中
拖拽着齿轮交合的日轮与月轮在行走
两边潋滟的波光,像蝴蝶扑扇着的双翅

徐志摩故居
先去拜谒了你的墓地,再来瞻仰你的故居
从你的死,回溯你的生

如所有名人故居,人去楼空。你和它们的主人
都去了远方一个名叫永恒的国度

你墓地两侧的两块诗碑,都像展开的诗卷
复活了你在济南天空摧折的生命之翅

两处故居,一老一新。老宅被拆毁,唯余
断壁残垣,恰似你当年残忍拆毁的旧式婚姻

二十二个春秋。你在老宅成长的日子多么漫长
漫长如老父殷切的期待和张幼仪孤寂的长夜

不足一月。你与陆小曼在新居的日子多么短暂
短得就像你三十四岁的绚烂人生

你出生于旧家庭,却毫不顾惜地摧毁旧
你单纯而狂热地信仰新,从硖石镇出发

向着杭州、上海、天津、北京,纽约、剑桥
一路狂飙突进

新的力:爱、自由、创造……
新的美:新月派、新洋楼……

轻轻地你走了,衣袖轻挥,不带走一片云彩
魂兮归来!魂兮归来!

侠之大者：金庸

侠之大者，在英雄已死的年代
用文字为男人们构筑了一个快意恩仇的武侠梦

他甫一踏进武侠小说的江湖，就派遣陈家洛
循着《书剑恩仇录》的情节，代替他回到故乡

他从汉语的武库里，调出那么多锋利的名词：
倚天剑、屠龙刀、玄铁重剑、冷月宝刀……

让乔峰、郭靖、令狐冲、胡一刀这些英雄
携至华山、光明顶、少林寺、六和塔和重阳宫

在九阴真经、九阳神功和乾坤大挪移等秘笈中
绽放侠义与正义之花

他让一根打狗棒替天行道，在危难关头
绊、劈、缠、戳、挑、引、封、转，镇邪除奸

他从人性中，萃取正直、善良、悲悯和痴情
让玉箫战胜血刀，让圣火令战胜蛇杖

他摘下大侠们手中的兵器，以及刀剑掌拳之法
让他们以无形气剑御敌，以无招胜有招

他在自己的武学观和武功体系里
修成一个温文尔雅的儒侠、一代通俗文学大师

晚年他沿着血脉的走向,以查良镛的真名
六次回到海宁。他永远与故乡同在

知章公园
故乡人对你的纪念和自豪,长成一座知章公园
你从雕像中现身,用一千三百年前的萧山方言
向我们讲述你的越州、你的功名
你的盛唐、你的长安

当年的你,从浙东运河出发,像一株紫藤萝
越过长江与黄河,向着西北不断爬伸
你将江南的须蔓和萧山人的才气
挂上帝都的宫阙,形成一道壮观的紫藤萝瀑布

唐朝也是一座公园——诗歌公园,在这座
移植的江南园林中,并峙着李白杜甫两座高峰
流淌着二千多条诗歌的河流
遍植着近五万种奇花异木

作为唐诗公园的设计者和园丁之一
你异常敬业,以美酒殷勤浇灌友谊的花朵

你在李白的诗篇上,敲下一枚"谪仙"的印章
为年轻的他,亲自颁发诗坛通行证

你告老还乡时,整个长安都来为你送行
你去时为儒,归来为道
鉴湖的风揪住你花白的胡子
它从你的乡音里,认出了你这个年迈的游子

铅山,以及鹅湖书院
铅山的山水高度是稼轩居士垫起来的
这位南归的燕赵奇士
一踏上江南的土地,他手中的长剑
立刻就被西湖的舞袖拂落
化为一条呜咽的信江
而他胸中的块垒,在北望中越堆越高
形成嵯峨的铅山山脉

英雄失路,胸中的万亩芙蕖枯槁成一片蒿莱
他伫立在危楼上,栏杆拍遍
西风猎猎,残照如血
槛外是直通东海龙宫的桐木江
往来于闽、浙、赣、皖、湘、鄂、苏、粤
八省的舟楫穿梭,运载着纸、茶、药、绢
以及帝国将尽的气数

二十七载岁月,这条被困的蛟龙
在带湖和瓢泉
安顿下飞天的灵魂和难酬的壮志
以一支羊毫软笔,在更为柔软的连史纸上
书写胸腔中的金戈之声
六百多首词作:一半是泪,一半是血;
一半是呐喊,一半是无奈的叹息

千古江山,斯文宗主
两场"鹅湖之会",在中国思想史上矗立起
一座丰碑

第一次鹅湖之会:朱熹与陆九渊
各执己见,互不相让,不欢而散
其实两个夫子,都不懂铅山的山水相对论:
一个穷理致知,奉山为圭臬
一个明心见性,以水为法则
老好人吕祖谦
注定和不了这场山水稀泥

而十三年后的第二次鹅湖之会
辛弃疾与陈亮:两柄被掩埋的勾践剑
他们各自从对方的剑气中
认出了自己的身世
两道电光院中起,万里已吞匈奴血

使铅山的主峰,朝历史的天空再挺了一挺
成为"千峰之首""华东屋脊"

乱礁洋

东海岸。一只名叫乱礁洋的巨蝶
它在南宋的残喘声里、在文天祥踉跄的正气歌中
偶尔振动了一下翅膀
七百三十年后,在象山、在涂茨
引发了一场诗歌的龙卷风

这只巨蝶。浪涛是它的头部,涛声是它的复眼
它投射的目光——纷纭的纯银或乌金的鸥群
在白云之上端飞,接近天堂
它的倒影,在墨色玻璃做成的洋底
凝固成影影绰绰的海底山脉

它海湾的胸膛里,翻卷着炽热的阳光
漂浮着凋零的炮声、喑哑的鼓角、折翼的风暴
以及白垩纪显花植物未及萌芽的坏胎
它瘦长的腹部,一直扫到公海
被世界海洋文明,染成一片蔚蓝色

它栖息。在海天间中竖起帆翅
把灯塔的触角,伸向历史、明月或黑暗
将一条条闪光的路,铺在女人们的祈祷中

它以锚的铁足
紧紧抓住农历、陆地与炊烟

它飞翔。在它展开的巨翅上,一座座乱礁
缀连成一道道斑斓的花纹
它飞翔的身影,就是船只飘荡的身影
它在风情与原则中翩飞,用渔歌号子为美授粉
把江南和诗歌,留在象山、留在涂茨

周维强的作品

普洱渡行吟（组诗）

普洱镇老街

铁铺的打铁声远去了，炉火熄灭
打铁的人，搬一把椅子坐在老街的一角
他要与时光，一起慢成我童年的回忆

卖油盐的、卖煤油的、卖鞋袜的
他们的吆喝声，此起彼伏
这么多年，依旧在岁月深处回响
街角的老爷爷，曾在沉沉地寒夜，守着
一盏煤油灯至深夜，只为等待
那些还没回家的人

古朴低矮的屋楼，斑驳泛黄的墙面
普洱镇的老街，谁还愿意去读

一本苔痕爬上沿脚的书?
酱油店里,木质的门框上,贴满了
各类广告纸,谁?在寻找
丢失的另一个自己

隐匿在关河畔的老街,将我的心沉淀成
一抹记忆,街角的一对老夫妻,蹒跚着
青瓦白墙下,他们颤巍巍的背影
似在诉说,爱,像时光抹不去的一道印痕
爱了几十年,还要爱着

普洱渡,磁性的美
普洱渡的美,是一种磁性的美
吸引着我的目光。驱车几百公里
来到普洱渡,在节日浓烈的气氛还没有
完全消散的时候,在鲜花盛开
芬芳扑鼻的时候,在阳光照耀心田
在关河水泛起美丽天堂倒影的时候
我来到了普洱渡,来到了美的中心

普洱渡的美,是一种磁性的美
关河水流:心生向往。小镇的变化是渐进的
每一次来普洱渡,都会给我新的惊喜
路更宽了,新的建筑又多了几幢
花草盛开,人们脸上幸福的光晕

又多了几道，我来到了普洱渡
来到了幸福的家园，和谐而美好

普洱渡的美，是一种磁性的美
夜深人静的时候，车水马龙的时候
谈笑风生的时候，欢声笑语的时候
普洱渡，就会把快乐和美丽收藏
它会让感恩的人更加珍惜眼前的美景
它会让快乐的人更加懂得快乐的真谛

普洱渡的美，是一种磁性的美
围绕在渡口周围的，是梦想、歌声和希望

素描普洱渡

多年前，我来过这里
那时，我还是一个少年，我在普洱渡
和一群玩伴，穿梭在每一条巷子
每一条街道，每一个无忧的日子里

那时，父亲正年轻
他挥舞着手中的瓦刀，在普洱渡
把每一块砖垒在这片生机勃勃的土地
那时，他的汗水浇灌着
脚下的土地。高楼，就是
他写下的一首大气的诗

那时,我喜欢站在山坡上,眺望
东方的日出,喜欢在山路上
狂奔,喜欢把手中的衣服迎着风挥舞

时光像一个魔术师
当我再次来到普洱渡,当我
再次站在山坡,日出依旧如新
而我内心,如一封旧信的开头
落满金色的诗情
落满日光的宁静

潘志远的作品

人祖山,我瞬间的思维和只言片语

1

只有这一座山了

一半男,一半女,一半兄,一半妹

每一座山头都像一颗头颅

每一座山峰都像一副脊梁

风吹来,风是我的母姓

烟飘过,飘过一炷古老的讯息

梁,被迫穿针引线

石磨都往一处奔合的时刻

还有什么忧虑

和害羞。落日氲氲的那一片霞

西山顶上那一坡红

化为盖头

遮住了你女儿的忐忑

2

壶口瀑布,天地静寂里的一匹欢呼

和呐喊

一壶永远也斟不完的美酒

不必饮,听一听便醉了

站在高山之巅

我的双膝必须触地

献出我的虔诚

我的脊骨必须完成一次练习

呈 C 状或 S 形

都不足以表达我窖藏半个世纪的向往

必须上一炷香

给我八千年的人祖

这不是迷信

即便迷信,我也愿意迷到心窍,信入骨髓

3

那是谁的剪影

——我叫女娲的远古的母亲

正披星戴月,两手黄土

甚至脸上也挂满泥渍

抟土,她捏出了我的祖先

一根泥绳,上下抖动

落下无数小泥人;小泥人是我

和我的兄妹

时光前移、再后退

一瞬间叠合,我眼前的现实

幻象。琴瑟声响起

笙簧吹奏,我的耳朵重听

人间天籁,是老屋里父母深夜的窃窃私语

4

忙碌不停的足迹呈北斗七星之状

头顶天,脚摩地

观斗测日,画卦于岩石

为农耕,也为畜养

一辈子,积劳成疾

他的慈爱,多如一山红叶

他的叹息,乌云般沉重

行于风雨,是村中一只领头大雁

栖于荒郊野岭,一尊会呼吸的土墩

一缕烟升腾

模糊了我的视线;我的父亲

伏羲氏的影子,在华夏古旧的大地上挪动

这一瞬,我思维混乱

又碧水蓝天般清澈

……椎痛,刹那间袭遍我的每一根骨头

聂沛的作品

不可逾越（组诗九首其五）

不可逾越
当我如愿登上布达拉宫
看见一只又一只雄鹰，格言般
飞向遥远的东方
当我从电视或互联上获知
又有人骄傲地把珠峰踩在脚下

我感到有什么不可逾越

当我耳边隐隐传来逼人的
呼啸。英雄独自一人
暗箭似的穿越
苍穹之下废弃的古格王国
最后突然射穿庸常之辈麻木的灵魂

我感到有什么不可逾越

当乐尊云游到鸣沙山下
对面的三危山金光万道
顶礼膜拜的他
决心在此拜佛修行
在悬崖峭壁上开凿出第一个洞窟

我感到有什么不可逾越

当佛陀拈花,迦叶微笑时
禅宗之花盛开
我们安座沐浴、祝圣绕佛
显发自性、觉醒生命
智慧之树上结满人生的硕果

我感到有什么不可逾越

当诵经者倾听到达摩祖师
布道的天籁之音;当星星
点亮宇宙沉思的灯盏
当张骞在丝绸之路上遥望未来
我被他们的力量深深震撼

我感到有什么逾越了
又有什么永远也不可逾越!

在国家地理杂志看到一条西藏河
一条蓝色的、水底布满文字的河
清晨我在那里走过;夜晚头枕波浪
把此岸和彼岸拆分成故乡与异乡

开花落叶,大雪飘飘。一江梦想向东流
一江爱,无法入睡的风声漫漫
一江恨,与第三条岸息息相关

从未看到一艘船在河面行驶过来
仿佛词语的意象只适合潜水,像鱼
甚至如水本身,水只在水中存在

我轻轻合上杂志时,这条河也随即消逝……

我爱冈仁波齐[①]
每当我眺望冈仁波齐
都忍不住要伸手去摸一把
我一直把山看成是大地的胸
胸脯有多大,胸怀就有多大!

远离大山,我感到孤单
我想爱
但爱像一场迟迟未下的雪,越盼越冷
孤单像冬天凉了的浴缸,越泡越凉

冈仁波齐的雪啊,睡不醒的温暖
而我的失眠一如太阳
照耀大地生长
我的黑暗让万物,变得饱满茁壮

①冈仁波齐,被佛教、印度教、苯教、耆那教等奉为神山。

一个人翻山越岭
为了让身体觉醒,他走了很远
尽管找不回什么,但可得到安慰
一个人翻山越岭,不是旅行者
也不是行脚僧,只是可怜的灵魂
在大地上的一次漫游,并深信
你在夏天爱上的雪花,到冬天
就会变成深蓝,能怀抱虚无之海
从阿勒泰到福州,在鸡型版图
那东西对角线,他徒步斜穿中国
像一颗子弹击中我们平庸的心
我哆嗦着划燃一根火柴,想把
白昼点得更亮一些:这尘埃之轻
因为被生活剥夺了太多的自由

你的人生，已经如同另一种虚构
遥想起长城与运河组成了大地
一个巨大的人字。曾经，走人字
是诗歌徒步者的一种伟大传统
我看着他们的背影着迷，落日的
余晖里，史诗是那样唾手可得！

秋日，旅途
风景变得更明亮，目的地更加渺茫
在克拉玛依停留一夜，是继续往北
还是折返回石河子考虑一下未来？
那里的棉花铺展到天边，温暖了
大半个中国。可准噶尔的乌尔禾

似乎更具旅途的意义，还有阿尔泰
美得可疑的喀纳斯。天光散进草丛
我已走在哈萨克牧民转场的路上
从高纬度转向低谷的家中。冬季
漫长得像鼹鼠晒太阳一晒就是一生

有个中年男人用乌德琴在无聊地
弹奏维吾尔十二木卡姆，那样忧伤
我在群山深处与寂静对弈，伟大
而谦逊的缓慢时光，虚无与痛苦
一样消失。唯有夕阳，为星辰守墓！

散步及其他（组诗）

散步
——献给我的青年时代

从小区出发，我们散步到郊外
田野出现了，这时散步才真正开始
近处的小山包是远山的问候
杂树丛生，鸟雀零落
城里的鸟雀慢慢多了，可有它们的亲戚？
一个农民穿着高筒雨靴
更像放水的水库管理员
今年夏天雨水丰沛，汛情急迫
此地的泄洪渠已有瀑布的雷霆之势
禾苗青青，一派田园气象

接着，我们折返往回走
继续谈论着什么，甚至谈一点诗歌
比如，古诗的寂静：鸟鸣山更幽
令人神往的境界已荡然无存
如果一定要体验
得在海拔一千米以上
才能远离尘世在耳边的嗡嗡声
也许你什么也听不着
但那嗡嗡声像掏不干净的耳垢
顽强存在于空无的意识里

一辆装满青草的箱式电动车
无声而轻快地超过我们
走在乡村的水泥路上
多好！心头满满的夏日清凉
来时看见的一群黑山羊
已转到进城最后一个山坳的那边
那边还有一处避暑山庄
那年冬天几个诗人相聚吃烤全羊
老树黝黑的枝干伸展在落寞的空中
炭火映红他们清瘦的脸，像纯洁的圣徒

万福寺
万福寺前的广场常落下鼎山的鸟雀
有时一拨拨，像不倦的香客

其实，来拜佛的信众很少
更多的是饭后漫步者
和一年到头的社会闲散人员

那天，雨下得缓慢
一只屋檐下的燕子
不安地瞧着我
更不安地到后寺找年轻时的女友

听说她来祁东还愿。赭红的院墙下
青色石板传来高跟的脆响
多么空洞的声音
仿佛半山腾起薄雾，伴随
下午的流泉，带着流逝的本质

她给了我那么多年轻的自由
还给了我一本书
昆德拉写艾吕雅铿锵的声音——
"爱在工作着，不知疲倦。"
风尘仆仆的寻梦人
额角闪烁命运的光芒

秋天的万福寺枫叶最美
一个日本僧人曾把明信片寄到京都
清流园的枯山水
衬托旗袍的异国情调
我在孤独之心俱乐部客串小丑时
没人知道：这中年的苦笑
有人生的雨中真正的泪滴

二中

二中躲在一条小巷深处
有孩子从这里走向北大、清华
甚至太平洋彼岸的常春藤联盟名校

肥大的校服飘飘
青春很瘦

很多香樟几乎见证了百年树人
一棵砍掉的树墩
可以同时坐四个学生
校工把它收拾得像一张桌子
常来人在那下棋
微风拂过
落叶知秋了。好美!
我环顾四周它们盖住了半座校园

儿子是非著名校友
唯一的一次家长恳谈会
是那年冬天
我因出差而缺席的圣诞节
在此之前,我应邀
在多媒体教室讲过文学写作课
讲自己因为
与这所祁东名校失之交臂
而成为糟糕的诗人
当鼎山的北风
从半山腰的二中吹到山脚我的单位
吹到骨头缝里,变成一朵乌云

老同学

三十年后同学聚会,摸着幸福的肚腩
装满时光的垃圾;脸红的宿命论
一同追忆集体宿舍里的午夜卧谈会
梨子女的背影,是个常说常新的话题
夏天的裙子与风,到底有何关系?
墨镜。纸条。研究诗歌多余的比喻
所有的把戏都被毕业的蝉鸣揭穿
有人去了塔什库尔干,中国最西部的
县城;有人回老家种兰花、养鹦鹉
有人打一枪换一个地方;一条路
只活一辈子,几条路能多活几辈子
许下一世的白头,欠下半生的债
时代汹涌如斯,而我们已经力不从心
青春的战栗深埋下帕金森的综合征
再次去朝圣,雪山依然像年轻人
单纯、英俊,高原的夜悠远且绵长
伴星空做安稳的梦,时有流星划过
醒来时发现扭捏的爱早变成染霜的情
阳光照临的下午,读完了半本书
窗外静候的小河,似乎不再流动
你我之间无须试探,喝有理想的酒
吃有信仰的菜,不知不觉就泪流满面

刘福申的作品

在三苏园一株古柏前

来到这里
已是万家灯火
挂在树冠上的一两颗星星
一直在等
春寒料峭
树下还藏着孤单的温度
枝头的残雪
蛰伏在春天的路径
春夜恼人
也撩人
远处的虫声
低一阵高一阵地叫卖着春色
我看见了什么
仿佛什么都没看见

我听见了什么

仿佛什么都没听见

我看见的

是自己的心跳

我听见的

还是自己的心跳

在苏轼的塑像前

我一直固执地认为

你一定是从人间出差

去了天堂

不然

你的青衣　短褐

芒鞋　竹杖

还在这里放着

就连风雨

和你一世的倜傥

也被你放在了这里

你多像一个任性的孩子

一个任性的大孩子

挥动着自己的性情

为自己翩翩起舞

你的手

是怎样翻动那么多经卷

是怎样开了那么多荒　种了那么多地
又是怎样做出了天下独一无二的美食
你的心
你那颗装着天地之心
是怎样面对一次次的生存艰辛
是怎样面对一次次的迁徙流离
是怎样面对一次次的爱恨生死
大俗之事
大雅之人
前半生的苏轼
后半生的东坡
你的云淡风轻
你的宠辱不惊
让一杯水酒
高高地举起了宋朝的那枚弯月
在今朝的夜晚
盈盈地亮着

其然的作品

天门

穿过一群小鸟,也穿过一架飞机
穿过无数的脚印,也穿过皓月
门只是象征,苍翠的群山
万千的想象都可以从门的另一端涌来
那些隐匿在山中的好听的情话
扑剌剌地也从门的另一端涌来
花香,流水,以及土地的色彩
繁华而不拥挤,恍若仙境
所有的都没有发出声音,越往上行
仿佛中毒越深,在一片美的迷雾里

独山子风口

初来独山子,是年三十
那时没有风,进入四月

便感觉到残冬的寒意
人道是"人间四月天"！
这里的风从春刮到冬
一年一次，带着雨水，带着花香
也带着暴风雪，风口
肆虐在王洛宾的一首歌里
而风力，相当四个半三峡电站
传遍全国，闻名世界

行走在南丝路上

诸葛亮的一支长箭，就圈定了
南丝路上熙攘的骡马铃声，一箭之距
大多被青苔、野草和落叶掩盖
从夹门关到打箭炉，宽窄不定的卵石道
承受住了两千年来不断的喧哗
黑茶从夹关驿站起步，过茶园，穿丛林
翻山越岭，打杵声，马蹄声
正是沿着箭矢飞出的方向，将茶马古市
如正负电极般与藏语联通，层层叠叠的
茶砖，在背夫回望的眼神里
铺就了这条或宽或窄的弯曲山道
蜿蜒的五尺路面上，川、滇、藏兴盛的呼吸
与两千多公里的路程同兴共荣
青石板的凹陷处知道众多传奇的故事

两旁的古树古迹,山林的山风也知道
而我们,只是循着一碗澄黄的茶汤
在黑茶飘起的香风里,翻拣,寻找
它曾经漫至西亚的故道

南津驿古渡

出锦官驿,过龙泉驿
这一路走来,历史走掉了许多
南津驿的老码头,只有江水还在
斑驳的风,已经退去
旧址上,一拢茂盛的竹林盘
鸡、鸭、鹅守着各自的阵地
儿时的记忆便翻滚而来,只是
采风的队伍越拉越长
有的驻足铁匠铺,有的流连旧门槛
有的,目光与毛茸茸的幼鹅共柔
更多的是把背影放漂在流水上
拴马石拴住的浮华,在上街
熙熙攘攘,打沙船捞起的碎片
没有引来太多的关注,一道铁轨
一道高速公路,与一江沱水同行
正应了古镇东城门石柱上的那一句
"入世多迷途由此去方为正道"

建设路

建设路的梧桐树，有一代人的青春
爱情和故事都老了，太阳
直接扑向没有任何树干枝叶的旧名称
霞光，不需要再去穿过树叶的缝隙
直接躺在富足的大马路上
沙河的流水徜徉在穿越的记忆
细辨，笛子二胡与钢琴黑管的差别
身着工作服的东郊旧地，已经老态龙钟
坐在，曾经那颗熟悉的梧桐树下
对着岸边的高楼大厦，真诚的叹服
青春真好，年轻真好

徜徉在赤水石沓沓古城

其实无须描述，湿滑的
青石板，就是最好的民俗
守着风，听着雨
酒杯里装满的日子
将古老的贵州轻轻摇晃

油纸伞已经收拢，背影
在窗格中，邂逅的情缘

还没有发动,那些窃窃的私语
从屋檐的瓦沟翻过,一字一句
向青石板,许下
沉重而又潮湿的誓言

两千多年的承载,太旧
让石沓沓古城,佝偻成一座雕像
一条从大山上刨出的官道
关不住有些冷冽的山风,低矮处
正努力地想把自己归还给大山

曾经的风光,曾经的婚丧锣鼓
曾经的官轿马队,故事传说
已隐入这残缺的青石
干了又湿的凹处,一地苔藓
百无禁忌地誊写曾经的枯荣

老城门还在,只是
像一个半睡半醒的梦
微雨打湿的双脚,一只
在赤水河边,另一只
却已穿过小巷,走入大山

码头上的喧嚣,如同
豆火般的油灯,将日子

不停地点亮、熄灭
旋涡一样的恩怨情仇
像思念,在赤水河大多已渐平复

车驰的作品

梦幻吊桥

荡着秋千望星空
星星，时而羞羞地躲进云端
时而又偷偷地，瞄瞄
山寨星星一样的灯火
想说话
荡着秋千看山寨
灯火，时而抿着嘴在窃笑
时而又望着灯火一样的星星
想心事
一阵嬉笑声飘过
山寨的小路边
少男和少女
在羞涩中私语
在私语时腮红

眨巴眨巴着眼
望望满天灯火一样的星星
看看山寨星星一样的灯火
再瞧瞧路边的少男少女
我似乎看懂了星星
也明白了灯火
摊开双手
一手牵着星星
一手拉着灯火
走近少男和少女
汇入了边边潮
瞬间，星星笑眯了眼
灯火羞红了脸
而我，心里一阵激动
却忘了，这是在天上
是在人间，还是在天上人间？

胡庆军的作品

临摹张家界（组诗）

泼墨山水：印象
那些树挺拔着，那些山挺拔着
那些风景辉映了天空，那些痕迹超越了时空
历史从亘古的烟雨中踏浪而来，泼墨成画
让所有的天然纯朴鲜活在湘西也鲜活在目光里

谁用身体紧贴大地，谁堆积起千年的秀色
视线里，满目青翠让心情也覆盖了淡淡的绿色
放轻脚步，谛听流水潺潺
风吹过，阳光透过林隙，水面上洒落斑驳
让那些走过的人映成了风景的一部分

金鞭溪、十里画廊、黄龙洞、宝峰湖、天子山
赋予了所有的辽阔和想象

天空、云以及灵魂挂在幽谷秀水间，那些神秘的传说
让奇峰三千伸展开生生不息的音符

山、水、洞、湖缠绕了仙子的萌动，仰起脸伸张双臂
逆向深入岁月的碎片，拒绝的足迹把光阴尘封在记忆
小声的咳嗽也让故事在画卷里秀美，在一页页地品读后
停下来，激起无垠的眷恋唤起无穷的回味

工笔山水：色彩

岁月年华的精雕，定格成游人的记忆
宽容与厚重唤醒梦乡，独具一格的"骨感美"
屹立成种种传说与象形形状，肌理、骨骼、内部结构
你让她美，她就美了。你让她秀，她就秀了

黄龙洞的"幸福门"，可以让一种温暖支撑生活
宝峰湖，勾勒了山依水，水连山
让山屏湖外，湖裹山中的山水风景佳作，诠释了魅力
在已经落定的尘埃里，可以看见四季在或明或暗的笔法里
抒情

会有瀑水从数百米高的石崖缝中迸出，是天降彩虹吧
谁在彩虹飞落的地方展示了舞姿，谁在聆听大地呼吸的同时
放歌生活
山、水，让这里有了飞动的姿势，那些让我脱口而出的赞誉
那些让我定格的激昂和婉约，蛰伏于心，远了又近近了又远

生命沉醉得想入非非起来，那些邀约与大写的工笔相遇
在弥散的光影里滑翔，在苍古的时光里取暖
停留或者行走，那些沉默的风景，照亮我们的双眸
把旧历的故事谱成壮阔的乐章，把一部有关张家界的书留在画布上

写意山水：魅力
即使错过了季节，即使迷失在时空错落的微雨中
水梳理了山梳理了溪，然后被簇拥着
在曲曲折折地前行中，快于或者慢于我们的脚步

林木、野花、奇峰、异石，就是一些放大了的山水盆景
一种愿望遗落，一种愿望继续上升
把幸福和快乐捧出来，悬挂在千仞绝壁上飘飘落落
让心情绘满山川，然后移植，然后获取很多的宁静

于是，该用怎样的心情来记录
雨后的天空仍是明亮的，风依旧是清新的
在距离之间，留出的思想空间把梦沉淀
在笔法之间，把诗行轻轻转换然后淡出一畦空白

那些寸步不离的相依，有最温情的心思
路过的足迹隐去了视线的纠缠
我看见一些线条在山水间飞过，刚好达到一种完美
一次次感情的丰满，试着挤进我们的故事里生长

项见闻的作品

行吟中国（组诗）

金鞭溪

没有人相信金鞭溪水会唱歌
会鼓筝，会抚琴
她们终日"叮叮、淙淙"，不知停歇
仿佛有使不完的劲

她们或静或动
动起来时，像一群鸟儿
从陡坡处扑啦啦——张开白色的羽翼
静下来时，像位世外高人
有颗清澈见底的心

大峡谷

这里有奇峰三千,秀水八百
天上有的,这里有
天上无的,这里可觅可寻

这里的山,可登高,可望远,可寄情,可抒怀
也可作尺,丈量自己的高度

这里的水可煮茶,可酿酒,可泛舟
也可渡己,也可渡人

在天门山

天门与地狱
或许只是一念之间的距离
一念为佛
一念为魔

天门是一面自省的镜子
登上第一个台阶时,我对着它端详
审视了内心好几遍

大漠胡杨

无论站着,或者倒下的
都象征着不屈和顽强
——在新疆,大漠深处的胡杨们

以形态各异,又遒劲有力的肢体语言
把对生命的热爱和渴望
默默表达

活着一千年不死
死了一千年不倒
倒了一千年不腐

这是胡杨馆里过目不忘的铭文
我想,逾越千年
该需要多么顽强的斗志,和坚韧毅力

穿行在胡杨群里,我的内心
一直有一种深深的震撼
有一种想为自己祖国奔赴疆场的庄重情怀
在血管里往来反复地冲撞,激荡

我努力抑制着自己的情绪,极目远眺
遥远的天山上,白皑皑的积雪终年不化
在阳光下分外耀眼
我停下脚步,在沙丘上良久地伫立
思绪缓缓地从远古中穿越而来

塔里木河、罗布泊
曾经在这里汩汩不息地日夜流淌

她的乳汁滋润了古楼兰、龟兹等西域三十六国
那些繁华的往昔

晨曦暮色中
古丝绸路上驼铃叮当，马蹄声声
欢快的冬不拉琴声和急骤的手拍鼓叩打中
西域女子们在如血的篝火中
齐齐扭身劲舞

俱往矣，当五胡十国相互停止征伐
当狼豕在大漠上停止奔突
甚至连天空都搜寻不到雄鹰滑翔的羽翼时
只剩下这些寂寞的胡杨们，静静矗立
守候千年
见证着时间和历史的沧桑

我一直在想，当一种生命跨越千年
该需要抵御多少次风霜苦雨
在荒蛮贫瘠的沙漠中，需要多少忍耐和坚毅
才能把对生命的热爱和渴望，完整诠释

没有回答
烈日下的胡杨们静谧无声
湛蓝的天空下，没有一丝云彩
只有那万株胡杨的枝丫，像一万颗不屈的头颅

以一万种不同的抗争方式,昂首
挺向天空,宣告自己的自强不息
和曾经有过的顽强和抗争

这一刻,我忽然想起了荆轲刺秦的悲壮
想起了苏武牧羊的坚韧
想起了文天祥过零丁洋的大义凛然
想到了中华民族五千年来
那些为自己民族和国家前赴后继
视死如归的先贤和勇士们
他们在艰险恶劣的环境中
为自己祖国所作出的旷日持久斗争
他们以大漠胡杨般的精神
在一次又一次神圣庄严的守卫战中
屹立成了龙的民族,不倒的丰碑

在平原
在平原,大地敞开胸怀
任你的目光一马平川
沟壑纵横,流水打通村庄的任督二脉
一条条白带飘到目光不及的远方
有大树停留,便有人家安营扎寨
一家门前一口镜,荷风一吹,莲叶便冒出来
像村姑的娉娉婷婷,粉面含胭
良田全是聚宝盆

你只需把勤劳扔下去,便可取之不尽
鸡犬老死,也相往来
一个屋檐下,它们能相邻为安

流年静好啊,水稻、豌豆、棉花、芝麻
这些庄稼人的生命
在季节里默默相爱,生息繁衍

在天山
在天山,玉宇琼楼,高山流水,江山如画
所有最美好的词,忽然跳跃出来
但都与虚无无关

蓝天高远,大地辽阔——
以一种怎样雄浑的意象
站立成北疆粗犷奔放的诗行

这一刻,乃至有一种冲动
从山岚上一跃,化作蓝天底下的鹰
把城市里的一切烦恼,忘却

写山川上的雪,描绘草原上的羊
最好都不作隐喻
真实远比想象的更美好

在天山,此刻你会豁然顿悟
其实人生,或者诗歌
最高的境界,莫过于宁静自然

在延安,我感动于一盏灯
宝塔、窑洞、红旗、五角星,是延安的精神
在延安,这些已成为朝圣者膜拜的图腾
而我,独感动于一盏灯,和想到一面镜子

在那个黑瀑布笼罩的夜,先贤们怀揣一盏灯
历经二万五千里的艰难跋涉,到达延安

一盏灯,是一种信念
当无数盏灯汇聚一起时
星星之火便以燎原之势,照亮黑暗中的中国
令全世界睁大眼睛,对这片古老的土地
震撼,侧目

这盏微弱的灯火,从延安窑洞中
穿越了一个世纪,至今仍然照亮我们的心
我常常感动于窑洞里的灯火
也坚信这盏灯火的继续真诚
只是时间是一面镜子
当和平、舒适、安逸成为一种常态
我们便忘记了窑洞中的灯火

并刻意于镜中画饼
画房子、画名利,画出国梦,画醉生梦死
忘记了灯火给我们带来的烟火味,和生死情
不能在镜子中,看清生活的本真

在延安,窑洞中的一盏灯,仍是一面镜子
此刻,我对着它正衣冠,也正三观

在草原
生生不息的,远不止是流水和祖先
浩浩荡荡,无边无际的草
这一刻,让所向披靡的人感到渺小

草的前边还是草
就像时间的前边还是时间

人不在时,草还在
人死了,草还会复生

想摆渡时间的人
最后都成为过客,一钵黄土

卑微的草,柔弱的草,寂静的草,不动声色
——万古长青

路过向日葵地

阳光,灿烂,有一颗火热的心
这是我向它致敬的原因

路过康保城郊区一片向日葵地时
一场盛大的生命仪式,正庄重浓烈
又静默无声

同行中有人率先惊呼
我们于是下车成为向日葵家族中的一员

与一株向日葵并立的瞬间
时光倏尔倒退
所有经历过的苦难
落下的泪水
同向日葵一起,逆长成向上的姿势

王悦刚的作品

一、夕阳下的村庄

远去的背影
被风吹落的夕阳
在这袅袅升腾的炊烟里
牛羊一群一群的走在回家的路上

泥土
早已被夏雨灌溉
玉米叶绿油油的吐纳出希望

青荷、稻田
蛙声唤来乡村宁静的夜晚

二、谷雨诗

从田间、地头而来
满身是泥土的气息

即使,春风从身边刮过
这种气味也会根深在每个毛孔的根部
随同汗水挥发在杏树花的香气里
散发在山川、河流
让这土地热闹起来

我会安静地把每一粒玉米、黄豆、高粱的种子
埋在泥土里

三、芒种

是不是
应该从岁月里抽出些什么
添加到如今的日子里

让那些应该茂盛的继续茂盛
不再被困扰

就像如今
一切都生机盎然
该出发的都以出发
正在活力四射

青荷努力的释放一圈一圈的涟漪
绽放出未来

四、老树

每一年都会开枝散叶
在它的年轮里
蕴藏着童年欢笑
经过一个六月
就会扯出乡村小路上妈妈身后的我
顽皮的小脸
黑不溜秋的手被牵着
妈妈手一松
就跑到了老树的树梢

五、北回归线

我们来自不同的经度　纬度
在这经度　纬度的纵横交错之间
找寻一个点

也许是东经 8°

或北纬 36°

最终　我会在北回归线上

丈量出高差

回望家乡的那条小路

扫去尘埃

便是人生的归途

(新西兰)淑文的作品

山水行吟

定位

有多少座山,就有多少座塔陵
有多少道飞瀑,就有多少条比逊河

飞鸟把片刻的栖息放在塔尖
僧侣的追求是把木鱼放生人间

那片离开枝头的叶子
在风自由地推搡下
一会儿似鸟
一会儿是鱼

茅岩河

一桨,千片波涟
轻敲万重叠嶂

篷艇明瓦下小酌
尘语，飘进云阶月地

此处别过
不见奇峰秀水
人间再无瑶池

天河瀑布
完全可以，顺势流淌
临渊止步，静观
风云变幻

你却不惧粉身碎骨
决然地跃下，去探知
尘世的漩涡

明信片
他把天堂的模样
浓缩成最大的盆景
以便于我们
把它收进底片
盖上邮戳

我心之所向
界内，界外
天堂，市井

骨感的美人
多而妖娆

佛言："不见不念"
道语："乐山宜隐"

玻璃桥
乘天光，接地气
一条明亮的捷径
链接——

凡人
上仙，见证天堂

仙人
下凡，私访俗世

张家界
山水
有灵犀

岩壁与溪涧,草木和翠烟
它们相望,相爱,相亲

名士入赘,绣娘外嫁
迎来与送往的
都把这里,命名为
天下

暗恋
山水间
只一眼

从此用一生
去学习
忘记

诺言
心窝里的每一块磐石
涂满最初的象形

千千山径
八百泉源

白云飞鸟导航
淙淙流水指路

你要来,记得
买张
单程车票

它的隐喻

跌进草丛的鸟鸣,品尝
半熟倒挂的浆果

彼伏此起的回音,引领
任性私奔的小径

松涛里红色的琥珀
"在大地的经脉里神圣",成为
日月星辰下,一道道
山高水长

玻璃栈道

秀水日夜湘绣的护身符
是天门山腰间的白金腰带

护佑恋家的儿女和访客
进出,一路
喜乐平安

归宿
奇峰不变的虔诚,固守在老家
秀水含蓄的柔情,不愿迁徙

走不尽这出世的家园
走不出这入世的天堂

朱先贵的作品

美丽的草原,隐世的天堂(外三首)

直上云霄四千米
捧出无量河长长的哈达
将理塘由天上
带到人间地下

纯洁的雪山
手拉着手
流动无声的大爱
守护着毛垭大草原

湛蓝的天空
漂浮着一朵朵白云
绿油油的旷野
是谁把你洗过

发酵的藏戏，弦子，锅庄
酥油茶，青稞酒
还有那催生的糌粑
仓央嘉措诗的种子在初夏发芽

信仰，勇敢和智慧
已化作一股伟大的力量
数千计的帐篷
在美丽的草原上生长

激昂的旋律已经唱响
看，赛马场上
腾起的骏马生出了双翼
风声起，长鬃飞扬

绕过雪山，奔向茫茫的草原
无量河汩汩地流淌
你育肥了牦牛，育肥了羚羊
滋润着天空之城你这隐世的天堂

踩着格萨尔的足迹
顺着河水向着东方
扬起中国梦风帆
乘风破浪，穿越绿色的海洋

美丽的阿克苏

天上一湖水
地下一湖水
天上的太阳落水中
水中的太阳挂天上
美丽的塞外江南
阿克苏,我已融入了你的画廊

拥抱热情
放飞梦想
顺着多浪河静静地流淌
在湿地公园和天鹅合影
在月亮湾公园微闭双眼
听维吾尔族大爷那欢快的弹唱

藏进千佛洞
看汩汩流淌的千泪泉
倾听古老的传说
感知记忆曾经逝去的时光

走进魔鬼城
细细体味
那些刺激空间的张扬

在金色的胡杨树下
默默地享受
千年不朽的生命顽强

爬上旋转的摩天轮
站在梦想升起的地方
极目远望
雄浑巍峨的天山
你终究挡不住阿克苏夜色的光芒
五彩缤纷的霓虹灯
就像银河飘动的无数个星星
闪烁在多浪河梦中的水乡

栖霞山——一幅动人的千古画卷

摊开栖霞山
浏览，一幅千古的金陵画卷
长满苔藓的石缝
映射着七千年先祖狩猎的荒野生活
风摧雪洗的六朝古都
早已湮灭了战火
古都的瓦砾像是栖霞山飘落的树叶
每片翻飞的落叶都是翩翩起舞的蝴蝶
五王十四帝的霸气
与栖霞山同在

于是，栖霞山就有了独特的风景

——不生不灭的栖霞寺

——香火不绝的舍利塔

——光可照人的明镜湖

每个景点都有一个动人的故事

每个故事背后释放的都是一种大情怀

于是，栖霞山的红枫

就有了自己的主张

奔腾不息的血液，擦亮秋风

点燃一束束火把

漫山遍野

燃烧成红彤彤的一片

坚挺的红枫，高高低举起手臂

让骨头在风里铮铮地作响

在春天的跑道上

还没走进大江东

就听到春天的脚步声

拔地而起的楼房

在一声声有节奏的敲击中

迎来新生，如同婴儿呱呱坠地

无论是晨起的钟鸣

还是夜晚绽放的灯花

奔腾在春天的跑道上

钱塘新区每一个地方
都留有春的脚印
看，义蓬购物中心
川流不息人群汇聚的海洋
一浪高过一浪
欧派金典
儒雅的中式风格引领时尚

一枝山茶
几朵梅花
探出头将绿荫中鸟声击落
清脆的声音弹出环河公园水面
又悄悄地飞上枝蔓

十里长波潋潋滟滟
东沙湖烟柳如画
贪恋这一方美景
在湖畔散步，慢跑
或是瑜伽
做一个坚定的守望者

魏国保的作品

麋鹿鸣洞庭

我眺望到八百里外久违的欢快情歌了

是呦呦鹿鸣,啃着
《诗径》里长出的丰茂千年的野草
出浴烟波浩渺的洞庭

看那水草摇曳,芦苇浩荡
一群麋鹿,细皮嫩肉活蹦乱跳成
水花四溅的湖上风光

不知是鹿鸣候鸟养育了会呼吸的湿地
还是湿地养育了这些活色生香的精灵
令人怜爱的几声呢喃轻唤
心花怒放,比烟波曙色还鲜活

像呱呱坠地的赤子
拥抱大泽渔歌

无边空阔，氤氲无边情怀
和盘托出水天一色，我的翰墨洞庭
涂抹出金子般闪耀的梦幻时光
梵音袅袅

乌镇归来收获"小"

一不小心一脚踏进江南小镇
不得不让人往小里瞧
无论站在哪个角度
都能看出乌镇的"小"来
连扑入眼帘的远山都是一抹小卧

连接两岸的是精致的小桥
鳞次栉比的是水乡小户人家
养在深巷的是小小蚕宝宝
小小渡船欸乃荡碎水光潋滟
蹓街的步点小桥戏流水
梁柱门窗上的雕刻牛刀小试
定胜糕青团子猫耳朵小吃
清鲜脆嫩原汁原味得让人小坐

连笑容都娇小秀气
嘴角轻轻扬起那份小幸福
暖如人间四月天
弹词小曲儿拖板行腔锦心绣口
小模小样的你走不出她的韵味

就是小两口拌个嘴打个情骂个俏
也是小打小闹
小门店小酌几杯酣畅小小胸怀
最是小巷深处那把湿漉漉的油纸伞
那一低头的温柔
总让你的小小心肝小小的激动

可别小瞧乌镇的小
小到极致就入化境
小到深处就有洞天
小到点上就有绝活
那丝绸绣品　针脚小得出神
那蓝印花布　小作坊手工印染新天地
那青石板小小方块容得下大世界
那兰花纤指　一招一式小巧玲珑
那毗连的小小窗口　很抓游人眼光
那桥洞摄下的风景这边独好
那小小红灯笼　点亮的喜庆天上人间

所以说乌镇的小
小出巧来　小出好来　小出美来
小到骨子里　就透出灵气
小到神韵里　就大开眼界

掬一捧乌镇的碧水云天
收获的那份"小"
让你小出一腔江南情愫
乡愁得让你——
辗转反侧

田人的作品

张家界旅记主（组诗）

一

在三千奇峰间画了一只白鸟
把它站在宝峰湖边的一根手指上：中年眼神
很真实的过客
它总爱说废话，这次它说宝峰湖是张家界三千奇峰间的一眶
热泪

在夜晚泛着银白细浪
把那只白鸟画出叫声来，画出与土家族女子对歌的歌声来
它一定要抒发对人间的爱意
把它望着那很虚无的天空，住满了星星和汪洋

二

一首诗歌挽着一只蝴蝶
在宝峰湖边长久与世隔绝

这不是世外的俗套
也不是船上对歌女子和承欢膝下的一堆孩子

一首诗歌挽着一只蝴蝶
有如这十二月的细雨落在宝峰湖的额上，真的很有画意

不会有人来为一首诗歌和一只蝴蝶遮风挡雨了
无论怎样艰辛
恋爱的人们都会在宝峰湖两岸来来去去
又到了黄昏，一首诗歌独自留在宝峰湖生活

三
他多少次在一个隐形的山顶上看到了这一幕情景
这久旱未雨的人间。
三千奇峰赤裸地来去
这一幕令人的骨血贲张

他迷恋赤裸的天门山和一位女导游说过的每一句话
太阳落下去了
天门山的一半在高度碳化，另一半在深度恍惚
他迷恋烟斗、白风、雾雨，寂寞地诉说

爱恨被落叶装饰了，有如这满目人间冰雪
在风中深度致谢
每一个夜晚都是一首诗歌的盛典
他梦见一位土家族姑娘的名字在一首诗歌中升起来又落下去

四

张家界用金鞭溪迎接他
张家界用天门洞迎接他
而他,最爱这宝峰湖,最爱这水至纯
望南,他在过索溪河
两岸竖起了三千根肋骨,他最爱这大地血脉贲张的时刻
他厌倦低俗、嬉戏
他厌倦低级、俗套
他今夜最爱把肉身悬置宝峰湖清风银月间

那篝火的青烟,那加深的夜色,那星子的闪烁
土家族阿姐沐浴时的婉转身材
有如索溪河两岸的八百秀水
这张家界的八百座乳房,每座乳房都很好
他厌倦的幸福、不堪,在时光的筛子中

路越来越难走
太阳往宝峰湖的三千根山脚趾里长,见太阳长成了一堆沉渣
宝峰湖也过得如春兰、夏荷、秋菊、冬梅一样的四季
他在史书里记录过的很多河山,都不愿悲观地活着
他想一百回在宝峰湖梦见麦田的颜色

陈惠芳的作品

行吟篇（组诗）

月牙泉

是月，是皎洁的月亮，是躺在地上的光明。
是牙，是纯净的牙齿，是咬碎寂寞的齿轮。
是泉，是静穆的泉水，是来自内心的感动。

是月——牙——泉！
是生长于沙丘之间的液态火焰！
我轻轻地环绕着，一圈又一圈，
将月牙泉走成大树的年轮。
有这样的轮回吗？
有这样如月如牙如泉、如月牙泉的轮回吗？

身后是高高的沙丘。
夕阳西下，闪闪烁烁。

而夜色徐徐来临，
我的金色披风亦徐徐褪下……

一切消隐，留下了月牙泉。
一汪深邃的泉水，
以月牙的形态表达对夜晚的过渡。
是水汪汪的眼睛凝视着天空。
蓝色的，灰色的，
晴朗的，阴雨的，
都是真实的天空。
水汪汪的眼睛，真实地转达着湿润的目光。
水汪汪的眼睛，默默地承受着来自天空的一切。

月——牙——泉！
风沙吹袭，不会掩埋。
千年的睫毛护卫着一汪深情！

矮寨
苍天在上，大桥在上，公路在上，铜像在上。
我一点一点盘旋，一点一点靠近。
我只能积累着自己的脚印，
灌注那些恢宏的历史。

站在观景台上，站在湘西的风景之中，
我眺望着飞架峡谷的那种霸气。

而在身边的铜像上，
我抚摸出了七十余年前的血。
血很硬，也很冰凉。

矮寨的头顶是桥，
矮寨的手心是路。
矮寨的背脊是我爬行的轨迹。
如果借给我一个天大的胆子，
我可以将大桥当成我的一根指头。
那些盘旋上升的路，
不过是我从脸上揭下的一些皱纹。

我要抢过筑路工的钢钎，
啄穿天空。

茶峒

沈从文把边城和翠翠留在这里，走了。
酉水流，碧绿地流。
湘渝黔挽着手，站成青山。

老艄公的背影，慢慢地移动。
翠翠一动不动。
专注的眼光，在空中搭起浮桥，随风飘落。
狗也老了。那一声呼唤，已在一百年之外。

翠翠岛是一个石磨，更是一圈涟漪。
一万年，就等待着那一个华丽的转身。

黄桑

湘西南。
堆绿，将清亮的水声藏起来。

三十八棵铁杉，我已经观赏三十八次。
每一棵铁杉，都认识我的眼睛。
活化石诱惑远方的脚步。
这一次，我决定错过。
我要去看看另外一双眼睛。

大龙潭、小龙潭。
一上一下，一高一低，
挂在黄桑的脸庞上。
流光溢彩的眼神，夹带着清风。
飞溅，沉静，又继续跳跃。
又似绸缎，被反复裁剪。

我抓紧一团绿，松开。
掌纹流成了几条小溪。

天台山

莽山，被阳光的手指打开一页。

雨雾的天台山压在箱底,
奇丽的天台山晒了出来。

昨天的昨天,过去的过去,
天台山被云雾紧锁。
今天,天台山晴了。
依旧有雾,但不是紧紧追随的那种。
依旧有雾,但不是将目光弹射回来的那种。

白雾远远地积蓄着、流动着、升腾着。
积蓄的是华章,在天空,很厚,像历史。
流动的是韵律,在山腰,很滑,像现实。
升腾的是音符,在山谷,很虚,像未来。

石梯盘旋着。
亮出底牌,又隐藏身份。
石板上,那些被钢钎啄出的小洞,
曾保存了雨水,再盛满了光斑。
大汗淋漓。
我的脸上,变成了奔腾的小溪。
我同时背负着一个湖泊,在爬行。

远远近近的山峰,
保持着错落有致的身材。
丰满的,不用减肥。
清瘦的,不用增食。

我很想告诉一线天,
将天空盯紧点,别合上眼睛。
我很想拔起那根石柱,
当成拐杖,踏遍千山万水。

绥宁九章

插柳村
一个人说,插一根柳条,
会活。
便插了一根柳条,活了。

一群人说,插一排柳条,
会活。
便插了一排柳条,活了。

这些逃难的人,
逃进了闭塞的深山,
把自己插了进去,
都活了。

人与柳,
是土命,也是水命。

异型荷花

有人说,
插柳的荷花,跟别处的荷花不一样。
插柳的荷花,被风吹成了异型。

于是,许多人舍弃了身边的荷花,
驱车几百里,专门来赏插柳的荷花。

插柳的荷花,是不是要红一点,要白一点?
插柳的荷花,是不是腰杆要细长一点,弯曲一点?

风不大。荷叶比风还大。
宽阔的荷叶,像一群一群大佬。
几顶枯黄,散落在荷塘之中。
这些提前转换了颜色的同伴,
撕烂了胸襟,给挺举的莲蓬看。

树洞

高,大。枝繁叶茂。
远远地望去,
像一把撑开的大伞。

爬上一道坡,
看见了它的根。

裸露，巨大。
它的身子，早被掏空。

掏空的身子，通天。
站在掏空的身子里，
朝天，看得见一条一条狭窄的光。
狭窄的光，像柴刀，也像镰刀。

透光，也透雨。
掏心掏肺地活。
它真的活透了。

鸳鸯岛

黄桑，手掌抓了一把绿，
随便一甩，
便把几公里之内的日子，
分成了深绿与浅绿。

鸳鸯岛，看不见鸳鸯，
无非是深绿中的一个圆圈。
水顺着溪道，画了一个圆圈，流走了。
人顺着山路，画了一个圆圈，流走了。

不停地轮回，
不停地绿，
不停地深呼吸。

古藤

有的藤，无所事事，
整日整夜在晃荡。
过路的人，摸了摸它，
说一声好长好粗，便走了。

有的藤，在家门口就业，
瞄准了一棵树，纠缠上了。
藤缠树，像蟒蛇，有些吓人。

也可能是大山垂下来的线索。
顺着线索，
会找到卧底千年的耳目吗？

遗存

第三次来上堡，
站在村口的那棵长满白菌子的古树不见了。
村民指着躺在地上的一截朽木说，就是它。

上次，它还腐朽地站在村口。
满身的白菌子，摸起来十分坚硬，像化石。
它比那根拴马桩，更神气。

高大的腐朽，简直是一种无与伦比的气质。

上堡民宿

城里热,飞进山去。
飞进山,成了鸟。
民宿就是鸟巢。

大白天,山里也热。
但早晚凉,树荫下凉。
山泉水浸西瓜,冰镇一样。

上堡的夜空,是闪烁的童年。
长大了,进城几十年,一共只看到几十颗星星。
在上堡,一夜就看见了上千颗。

铁杉群

黄桑的铁杉,不多不少,
一直是三十八棵。
黄桑的铁杉,不亢不卑,
一直扎堆。

打铁的,铁打的,
笔直的铁杆。我靠了一会儿,
成了小铁钉。

巫水

绥宁县城,在一个小盆地里,
被山看得重,抱得紧。
巫水,在怀里飘过。

白天的巫水,清亮。
夜晚的巫水,更清亮。
加了一点灯光的调料。

我年轻的时候,巫水却很老,成了污水。
我老了,巫水却年轻。
来来回回的人,来来回回。
巫水,一直牵肠挂肚,
拐了弯,还踮起脚尖,回头望。

李龙年的作品

北疆,写在云上的诗行(组诗)

在北疆,我看到了云的心事
神明也有心事,也会
大面积一片片明亮了、黯淡了
红色不那么鲜艳
翡翠也接近平民一些
但脱俗的大美气质显然不凡
在北疆,这是开阔雄浑的北疆啊
它已经接近天空
接近苍穹纯粹的湛蓝
被喀纳斯湖水浸染过的蓝
黄金折射纯银反射的蔚蓝
羊羔初见世间瞬间轻轻的蓝
仙子天籁之音低音部稚嫩的蓝
但它们都深深陷入

短暂的昏暗，姑且的阴影
抒情诗少用的形容词
梦乡里云的婉约
嗯，北疆也会有心事
闪电也会把目光借给湖水
山脉此刻试图证明这些
证明，梦不长久但很美丽
知道这些，我们多么欣慰
其实，属于暗自欢喜

我们在禾木　迎迓未来
在禾木，距离太阳的故乡最近
早行者在朝阳之前抵达高处
迎迓神奇，心怀神圣感涨得满满
地平线与昨夜星辰见证历史
见证，心房每一寸空间
每一次心跳，皆拥抱光芒
默诵，神的证词
无须预支，晨光比天空璀璨
可以期许未来。天地大美
朝晖已经染遍衣袖
指点山河的人，可以纵论天下
可以，仗策远行
只因胸有，十万里朝曦

白桦林,马匹的梦境写满安详

白桦林的大色块金黄中

仅有的嫩绿羞涩间或有些慌乱

马匹们不在意这些

它们埋头,潜心品饮

禾木河里安详的时光

日子无所谓簇新

也无所谓陈旧

落叶会把闪光的岁月一一回味

怀揣黄金的人缄默不语

他拥有往昔也有今日可以夸耀

柔情已经编织成纱巾

未来也有温暖值得依偎

放马南山,词典中无可觅迹

日子始于平和至今不曾变化

谁也不能准确言说

马匹们,明天足迹的骄傲

马蹄声声里,书写着种种秘密

胡杨,胡杨!

浑圆也属于世故

被时光啮咬者可望成为代表

代表在死亡线上行走

向前是死,一千年

向后是死,一千年

坚韧是活着，亦一千年
泪和汗水拥挤着盐
盐里可以提炼出生与死
提炼出死亡边缘的微笑
提炼出古人雄文三千中的警句
提炼出无言，无语，无界
比一切的辽阔更加宽广
比站立者更高大
比铁更坚强
比星辰更遥远
比爱人临别的赠语更刻骨
请珍藏这即将逝去的色泽
珍藏这即将崩裂的心跳
即将流淌而出的血
像夕阳，最后的耀目
是的，耀目，最后的

大漠之外，还有戈壁
飞机飞过临河
飞过乌拉特后旗
飞过狼山
只有一片杂色大地、河流
和飞机飞过的痕迹
这一片词语荒芜苍凉之地
似乎是史前遗迹

我嗅到火星的煳味

飞机多么孤独

在没有语言的空间飞翔

在没有思维的空间飞翔

乌拉特后旗越来越远

它渐渐消失于茫茫荒凉

但空姐的对一切习以为常

她们送来各式饮料

送来鱼肉鸡肉美味晚餐

机舱里的美味和盎然春色

使戈壁滩上空

九月也绽放鲜花

而博宗吉津

大漠上饿虎在寒风里狠狠相望

但飞机熟视无睹

它虽然有热烈的心跳

更多是冰冷的外表

无论你是善良之人

还是歹徒，并且十恶不赦

它都让你领略都市荣华

也深尝大漠苍凉

飞机飞向哈密

飞机飞近哈密

我们接近甜蜜

空姐此刻的微笑真甜
酒窝深深
像喀纳斯湖的
一片纯蓝
她使飞机令人困倦的噪音
也变成了音乐
新疆,还在空中
数千米高空之上
我已闻听哈密的瓜香

活了这么多年
今天才发现
你的名字不是哈密的密
却比蜜还甜上三分
连飞机也折身飞往哈密
谁说甜蜜的也是肤浅的
哈密,甜了千年
甜得那么,那么深切

从芭堤雅到马六甲,风在指点海浪 (组诗)

清晨,马六甲雨水在抵御阳光

此刻,马六甲的细雨并不喧嚣
淡水在泳池里惭愧
棕榈和椰子树内心充满惊慌——

我已从它们眼神里洞察到
每一平方厘米海涛的容量
早餐时惊雷从远方轰然滚过
显然，它也无法熨平地球的皱褶
大理石柱们在水边默立
仿佛，它们努力守候英语的广阔
那么多词汇于我都属于陌生
包括：你好，亲爱的，海

马六甲的早晨
天还没有透亮
我已被一阵鸟鸣唤醒
我知道，这里是马六甲市
但是我不曾听到海涛声
在电梯里我遇到许多孩子
他们卷发，肤色黝黑
套着短裤，手里没拿玩具
母亲们头包布巾
在晨光里嬉笑
哦，不是的，这里是电梯
灯光显得温暖
室外，晨曦正撞击窗户

在马六甲海峡的晨曦中忧伤
马六甲海峡书写辽阔
但是我抓不住季风的尾巴

早晨，被一曲《天边》唤醒

我被一种更辽阔的苍凉覆盖

忽然感到：脚下土地过于狭窄——

它容得下天下美女

却容纳不下美食

更容纳不了

不值一文钱的，淡淡忧伤

关于纯蓝语言文本的冶炼

在芭堤雅，我发现了红宝石

在人妖指尖闪耀

她忽略兰花指

没有宝石辉照

我只想起梅兰芳

我只想起黄金

我只想起沙美近海

透明的蓝

它没有杂质，只有歌唱

红宝石，装饰沙美静海的蓝

海水同意不同意

那个16岁蓝眼睛少女同意不同意

梅兰芳的兰花指同意不同意

我愿用一吨红宝石

换取，接近沙美的蓝

和，梅氏绝美的

梅派尾音

追寻美是一匹蚂蚁写下的生死传奇

芭堤雅，距大海很近

蔚蓝就在你的唇边

你的口红太重太浓

酒和机动车吞噬了海浪

只有黎明时分

一缕清风终于挤进街道

谢天谢地：它总算救活了一只

濒临死亡的蚂蚁

蚂蚁正怀念，沙美岛近海

透明的，令人眩晕的蓝

一个少女，瞳孔色泽接近海洋

小小蚂蚁追寻着

紧紧咬着裙角

经历了生与死，惊心动魄

追到芭堤雅

此刻，一缕清风

让它找到，沙美蓝的蛛丝马迹

陈华美的作品

1. 飘

在风的掌心
我们交出岁月,命运
以及爱情

似一粒尘埃
从这山到那水
似飞扬的蒲公英
经历再多的苦都有金质的梦想

大千世界
我用方言安身立命

2. 燃烧的雪

一朵一朵来自天空的轻盈
汇积整个冬季的词汇
谈论爱与温暖

岁月的枝头
隐藏无数条河流
童年,父亲,老屋或者
关于流浪

沉默其实不属于孤独
比如此刻的深夜
一枚在雪中失眠的异乡叶子
五味杂陈

逼近年关,归途是体内燃烧的一场雪
梦想似孤傲的梅花
任激情裸露

3. 故乡,似雪花那么大

还是不能确信
游走在你的躯体之外

埋头耕植的土地
传来水声,传来光
传来片片雪花

树,收起了风扬起的美
留下一地秋演变的枯白
光秃秃的枝头仿佛要
喊醒天空
天空中飘零着一些
来自异乡的叶子

这些似雪花的叶子,四海为家
云朵举起的流浪
马不停蹄

孤独,冷不仅是石头才会有
尤其是冬天
而温暖这样的一枚叶子
只需一片雪花那么大

4. 流浪无边

一直穿梭在你的空白里
不敢抬头
怕那一眼就会枯竭一片海

诗意在柔绵中分解
这个冬天保持的温暖
是你的样子

空空荡荡的孤独
不在乎吞没一片草原,
合并一座山。
持续奔跑的日月
天地在一朵花
盛开

故土难安,离愁紧扣远方

5. 氧气

早已融进血液
年轮,是拔高乡愁的痕印

二十八度的冬日如夏
义顺五楼的窗口,
车来人往

风筝驾起远方
与一双眼的辽阔

我们反复成为
一枚枚落叶
彼此温暖

睡梦中
不断涌现
无限接近煮沸的河水

郑友贵的作品

你就是一条涌动大潮的扬子江

生在江之头　长在江之城
长江水奶大的儿子
便生就了长江的性格
如母亲乳汁　喂养的男儿洒脱豪爽
女儿如水柔情

江之子　站起就是一座巴颜喀喇山
奔去　就是一条涌动大潮的扬子江
沉下　就是一粒很有个性的砂石
你身上每一根脉管　流动
火的激情　燃烧的梦

江之子　你悠扬的号子
垒成堤岸化作绿水　青山

收获每个清晨每个黄昏　胸中便有
呼啦啦金属般响亮闪光的风
庄严迎接水淋淋的江之日出

江之城很清秀　清晨从江东放牧
红红的太阳　月夜便收获满江灿烂星辉
你一路号子去追逐黎明
一艘装满一代代沉甸金色希望之船
只为奔向远方　万家康乐春色满园

生命无高低贵贱都是一条船

他们都在元砖明瓦　楼台亭阁台前感叹时光
看阿哥阿妹起舞　对歌
只有我被您风中满头白发震撼
晶莹似盐　雪亮如剑
不忍把您惊扰　迎江门外您久久远望
沉默的码头　无人的小船

感谢老渔夫当年那一钢叉
叉起一个瞬间将被波涛吞吃的生命
他可知道叉起一个后来的诗人
纤索浪尖跳跃起飞的号子
铁匠铺飞溅夹杂汗味火红的铁花
一个不屈的生命在您诗句呼喊贲张
字字锻打人间烟火　好刀利剑

您说命无高低贵贱　都是一条船
总有一个船埠等你到地老天荒
总有一个码头让你怀念终生
是的是的　生命如诗
远去的故乡童年　无论悲喜歌哭
总会在一颗风雨沧桑心中复活　温暖

在李庄

仿佛一个老人　长驻
这叫作万里长江第一镇的江边
黄桷树下
喝茶　打川牌　摆玄龙门阵

如今　我发如风中秋草
一步步走近
一次次张望
找寻儿时的脚印
江帆　竹排　纤夫　号子
石板路　青砖房

其实　早就该来
张家祠　李家院　席子巷
最是那　月亮田

林徽因梁思成住过的川南四合院
那树梅花　暗自芬芳
我看见　你们在此用英文合写的手稿
中国第一部《中国建筑史》
据说最先在美国出版
我看见　天上宫　慧光寺　张家楼　李家院
变成了同济大学读书楼
师生正自演《雷雨》《日出》
《义勇军进行曲》的歌声传遍江边
林桓　林徽因亲爱的小弟　成都上空
架机与来袭的日机搏杀
把愤怒烈焰　23岁青春
永远定格在1941年3月14日
定格蓝天　民国才女独坐这江边
《哭三弟》已在她脑海写成

而江水依旧在流　梆子声声
萤火虫闪烁　蟋蟀与青蛙在荷花塘里唱和
那些古董　古书　还有
傅斯年　李济　金岳霖　林徽因　梁思成
去了台北或者北京
留下这李庄白酒　白膏　白肉
店名依旧的　留芬饭店
风起　两只蝴蝶在江边古屋上下翻飞
听见坚韧柔情鲜亮

马桑树儿搭灯台哟嗬

写封书信与姐带哟

山歌声声　如梦如幻

看见天门云端　梦想穿越

水清鱼翔　翠绿无边

壁立山峰奔来雄兵宝剑

我听见坚韧柔情鲜亮

何苦的作品

延安行（组诗）

红色圣地
一支铁流，穿过雪山草地
在黄土高原的陕北，铸一座抗日救亡的堡垒

一腔热血，染红一片黄土地
凝结红色革命根据地，绘制醒目的历史坐标系

五颗红星闪闪，引燃燎原之火，从延河两岸，红遍中原

到延安去
一种金石之声，穿过 1940 年的阴霾，在延安民众讨汪大会上
激荡旷世风云

"这里一没有贪官污吏,二没有土豪劣绅
三没有赌博,四没有娼妓,五没有小老婆
六没有叫花子,七没有结党营私之徒
八没有萎靡不振之气,九没有人吃摩擦饭
十没有人发国难财"

毛主席讲述这片人人平等,没有剥削与压迫的革命圣地
让中外仁人志士,看见宝塔山昭然于世的曙光
无数青年千里迢迢,踏着《义勇军进行曲》的节拍
奔往延安

延安精神
无数革命先烈,站成挺立的石碑
诉说
风雨中惊雷的声响
旗帜下血色的苍茫

一代代共产党人的足印,留在建立新中国的画卷里
昭示
征途上风云的多变
夜深处星星的明亮

官兵一致,军民一家
取绿树的苍翠和太阳的光辉,凝聚民心

黄土坡上升起的霓虹
悬在百姓心底

宝塔山
穿越延河
走近宝塔山
触摸坚实的塔基
感受一座山对一片土地的承诺
雨疾风狂过后
听见红色高粱拔节的声音

南泥湾
大刀砍断鬼子的封锁,镢头刨开渺无人烟的荒原
黄土高坡上,垦出 30 万亩小江南。遍地稻谷香,到处是牛羊

军号唤出红太阳,纺车摇醒明月亮。延水河边饮战马
军民一心大生产。一曲《南泥湾》炮火缝隙间回荡

毛主席的菜园
中央驻扎杨家岭,领导军民大生产
毛主席亲手种蔬菜,自力更生笑颜垂范

胖乎乎的瓜果会说话,绿油油的青菜乐开怀
管好自家三分地,桃梨不言自成蹊

窑洞灯火
走入窑洞。刺破黑暗的灯火
蛰伏的星光,蕴蓄光明与梦想

洞观革命的火种,薪火相传
燎原的星火,孕育黎明的曙光
心的高原上闪亮

徐正华的作品

大峡谷

你的翠绿是土家女子唱出来的
你的千沟是土家男子为爱踩出来的
轻柔的水将你抚摸得凹凸有致
那浅亮的缓缓溪水一直遥想
石头的姿态告诉世人,这里
远古的年代是海洋,山上有海螺,山下有神仙
那百鸟声声,邀约八方来客,五湖之宾朋
千峰直抵云,瀑布从天降
分明是大自然的杰作

武陵人赏武陵源

吾是武陵人
不是武陵源人

路程不遥远,近在咫尺
武陵人居洞庭北,平原一湖舞柳叶
大自然的刀斧削得如此有形
耸立的石壁把天高高托起
神仙着迷,吾亦着迷

仿佛武陵源在我附近

如果住海边山峰与你无缘,青翠与你不沾
渔网与余晖纠缠心情再怎么豁达会生厌
那么你就来武陵源山峰似竹笋长在白雾间
此情此景谁的日子都会赛过神仙

如果住平原定会一览无余
可惜眼睛空荡四顾茫然
朝看地平线暮看地平线
那么你就来武陵源
不可替代也不可以粘贴一幅天生画卷

冬游柳叶湖·遥想唐代春秋

她有一种美神秘而且古老
(自然的厚爱与馈赠,那是怎样的造湖情景!)
已有五万多岁滋养着每一种鲜活生命
鱼儿的呼吸鱼儿的跳跃鱼儿的栖息地

春意盎然绿袖一拂碧水盈盈
以船作宅,妇女,以水为乡,漂荡
草纸,桐油,食盐,这边运到那边
柴火,木头,野鸭,那边运到这边

秋日白云万里远,采菱的姑娘赶紧去采菱
解开小舟的系带,划呀划,互相争逐到水中央
两手不停地摘,歌声飞,落霞生辉满载回

一匹我喜欢的马

年青时候偶见
一棕色马低垂头颅
拉的二轮板车空空如也
好像没有先前累
大热天
我走到形似伞状的树下躲荫乘凉

它拉下冒热气的粪
虽说路各不相同
它和它的主人走大路
并且离它有一百多步远
我只好立即继续走小路
离开

三十多年后
我又去桃花源
晋朝的秦人洞夷为平地
那叮咚叮咚的滴水声也不复存在
那是田园生活惬意的乐章

但我走了一段路程
边走边看心情好了些
朦朦的林间我捕捉到最美的瞬间
此时太阳还没有睡醒

又走了一段路程
看见一马倌生意惨淡
一匹年轻的马使我眼前一亮
是那么地雄健
我想跃跃一试

刘巧的作品

尘埃落定：嘉绒藏地的短札或抒情

她在满是浮尘的春天大路上跪下了，一个头磕下去，额头上沾满了灰尘。

——阿来《尘埃落定》

一

要是我再长高一些该多好
这样，我就可以站在阿坝的最高处
看一看明净的天空
高兴了，伸手摸一摸柔软的云

不用担心手不够长
踮起脚就能实现，触碰那隐藏的白和蓝

或者，让自己的灵魂低到尘埃
浮起的地方

低至青草的高度,和野花比一比
谁的性子更野
要绿,就绿成一团火焰
逃出春天的囚笼,伏在大藏寺前
诵自由的心经

二

为什么我会迷恋
酥油糌粑、马茶、烧"馍馍"的香
像童年的一双眼睛
盯着母亲在糌粑里添加酥油白糖的手

为什么我要同情一只鸟
在查各寺上空飞行的孤独

翅膀之下
有着一座小城,神性的美

三

我想起了春天的雪
在阿坝,它们是那样地干净

在我的脚下
发出"咯咯"地笑声

仿佛一条苏醒的河
正从时光深处，流向远方

四

我还是要写一写那些细小的尘埃
被雨水打湿后
在青草的根部，守着一层新绿

我还是要写一写它们躁动的样子
阳光下
它们翻飞、起舞
用最后的挣扎，搬运一座古城的寂静。

陈于晓的作品

在条子泥,鸟声辽阔了我的敬畏(组诗)

在条子泥,鸟声辽阔了我的敬畏
在条子泥湿地,下着一阵阵鸟群
仿佛密密匝匝的雨点,打湿
沧海桑田,也打湿东台的生生不息

白鹳、勺嘴鹬、火烈鸟、紫寿带
震旦雅雀……这些昂扬的生灵
在条子泥天空的广袤中
挥洒着草体的蓬勃

潮起汪洋,潮落平川
潮起潮落之间,大海送来了烟火人家
空灵的鸟的歌唱,曼妙的鸟的舞蹈
是谁在霞光中,把流水扣成乡愁的琴弦

把云影交给湿地,把翅膀交给天空
把远方交给迁徙,把繁衍生息
交给无止无尽的流年

此刻,那些鸟儿,以水花的朵朵
落成苍茫之上的一羽羽韵脚

条子泥,我打赤脚走在你的柔软里
如果展翅,我将丢失于鸟群
如果行走,我将丢失于人群

万物和飞翔的宁静,在涛声中生长
一粒鸟声,忽地拔地而起
条子泥,以日落日出的胸怀
辽阔着我的敬畏

涛声中的影子叫神
在条子泥湿地,请安静下来
听我说,在这无边的涛声中
走动着神,神无处不在
如同无处不在的影子,尽管我们
看不见,但神绝对不是虚幻的存在

每一羽鸟儿都依照着神的吩咐
在翱翔,你看那自在自由的姿态
就是神所赋予的,以及那原汁原味的
歌唱,也是神所赋予的
连同天空的广袤与那些迁徙的理想
都是神所赋予的

神时时刻刻在这息壤中出没
神和每一个生灵一起呼吸
也为受伤的翅膀疗伤,神听得见
这众鸟的合唱中的每一粒声音
和每一粒啼鸣中所呼之欲出的一只鸟
以及一只鸟的悲欢离合

是的,在潮落潮涨中
你如果看见了神,神也不过是
涛声中的一枚枚影子
不过现在,你终于知道了
这神,叫自然,叫时间
或者也叫生生不息

在条子泥,请赐我整个大海
也许我所求的并不多,只需一枚浪花
润湿我的眼睛;只需一只文蛤
让我触摸一朵涛声;只需一缕风

海风或者条子泥湿地的风,让我想象
被风吹落的光阴,能浩瀚成什么模样

当然我还需要一朵云告诉我天空的故事
还需要一羽鸟翅扮演成迁徙的电影
最好还能给我一个翻译器,安在条子泥深处
把一阵阵鸟语,译成人世的柴米油盐
以及劳动、生活与爱情
以及月光下或淡或浓的乡愁

我说过,我所求的并不多
我不需要晨曦与朝霞为我停留
也不需要你为我点燃漫天的星光
现在,我只想你能给我一小片的流水
让我照一照前世今生的漫长

在条子泥湿地,请赐我整个大海
这不是我所祈祷的,是你慷慨给予的
当我受领大海和湿地的完整时,我的影子
早已被铺天盖地的鸟影所覆盖

玩偶的作品

在汉阴或大片迎风招摇的花

汉阴城至漩涡,三十五公里
沿途风光各有各的美,都可以用来回味
车窗上春日荡荡,适宜观景或假寐
对这场春天望闻问切
山坡上有人在锄草,遁于行间
转眼销声匿迹,只剩下风在上面翻树叶
寻找通往真相的路
这些都不是眼下最紧要的事
"旧时王谢堂前燕,飞入寻常百姓家"
哪只鸟曾饱读诗书,对着浩大春天
喊出第一句最富诗意的话?
没人理睬这个无聊的话题
春天就在那,怎样看它不重要
我必须找个借口,赶赴一场春天的聚会

或能巧遇踏青的先祖，坐实故事里虚无的事
车行山下，大片迎风招摇的油菜花
正忙着加固运油船的长缆绳，而艄公
还是一个无限空置的词语

到凤堰，赶赴一场花事

凤堰的三月，更适宜站在高处往下看
鱼鳞状的梯田，扭出鱼身般的活泛
油菜花黄过乡间阡陌，撩拨得人血脉贲张
疑是被人下了蛊，做了手脚
这才觉得春天和我有着千丝万缕的瓜葛
山风润着我的破皮囊，春光补丁一样打上去
揭哪都疼，真是命苦，仿佛落草的强盗
突然忆起前世，一会是书生，一会是剑客
总在颠簸的路上，一会向东，一会向西
碧草连天，烟水苍茫，不同的春光全都见过
它们都散发着同一种香气
蜜蜂嗅着花蕊，它才不管浪子或佳人
一罐蜜甜到骨髓，片刻的优雅
也该"做得心安理得与煞有其事"
三月，同样也可以往上看，看天
蓝得没有一丝皱褶，一块云有一块云的分量
恰好的从容与手感，散落的牛羊与农舍

矮过山梁,出行,就像是作揖
给大山请安,每一次劳作,极像是一场宗教

在北五省会馆

进院门时,一群人正往外走,镜头的反光
穿透桂花树下的浓密阴影,感觉有种疼痛将要发生
这别扭让我稍有停顿,也就忘了交谈
忘了门后交错的阳光追咬着石狮,廊柱上的楹联
一副醒目,另一副灰暗,有着自在的隐忍与恬淡
正午的院子有沉静的美

空戏台上,空是一种暗示,由无生有的过程
并非把什么都藏起来,而是填进去,填满,满得溢出来
亦如漫天参差的绿,穿插的质地和光泽
宽容的心态。几个人不开口,相互温暖又孤独
袒露在浩大的春光里,各自萌发。在春天,水袖都是绿的
甩出来就是一蓬唱腔

同行的人并不急于登上石梯,观赏正殿的壁画
而青石上的浮雕,那些翻腾着云朵的吉兽
依旧遵循着修炼的法度,蛰伏藏华。彼此相安的释放
沉浸,心悦诚服地屈从于一段过往,一缕阳光
从一片旧瓦、一截碑文,一段不断放大的传说中
重温小镇的枯萎年华

行走紫阳

无序的更迭止于明正德七年十一月
古梁州伊始,沉浮于典籍之中的杂乱县名
首次固定下来,得益于北宋道士张伯端
曾经在此潜修立说。晨风微凉
真人眺望着晓露中的对岸
城郭如虹,悬浮于水面之上
东边田园房舍明丽,西边树木苍翠
远山有鹤翅上渐起的云雾
崖下鸳鸯水半清半浊,交汇于洞前
明暗相对,阴阳相合
世间的美好之物,都有着恰如其分的完美
闲暇时,他也会游走在街巷
发现不曾觉察的意义,体悟道的虚无与硬朗
被风吹乱的花白头发
有着他对万物无可替代的敬意
出入鸟道,行踪无迹
人以神仙视之,遂用其道号"紫阳"
命名修炼之崖洞、山沟、河滩、茗茶
后世文人赋诗撰文,优雅的轻狂
在古老的名字中感悟天地玄机
只是小巷再无真人的纠错声
吊脚楼上推开的花窗,也无晨雾扬起的水汽
空气中弥漫着熟悉又陌生的味道
待细嗅,空空荡荡,不可名状

魏先和的作品

一滴水里的西湖

喊一声娘子
灵隐寺便隐了
一滴水跃出西湖
打湿戏中人的曲目和台词

还打湿了岸边苦等的官人
孤山沉重的孤独被轻描淡写
浪花轻轻一拍,群山推得更远
断桥处打过照面的人逐渐走散
一壶龙井,怎盖得住一圈接一圈的波澜

跃出西湖的水,挂在枝头
顺着吴语越歌的柔软,进入它的内部
亮晶晶的水滴里

藏着风暴，也藏着温存
苏白两堤的柳树桃树各自妖娆
雷峰塔如一根坚硬的倒刺
提醒寻欢者尘世间除了美色
还有法海的诅咒

每滴水最终以宿命完成自己的爱情
倘若有人
不顾一切穿过这一湖空茫、缥缈的烟雨
上岸时，必定是湿湿漉漉的一身

访魏源故居

轻轻叩一下门环
侧立你身旁的书便猛然惊醒
"再不能像四书五经那样摇头晃脑了
须师夷长技"，你翻开书——
即有域外的海水从书中喷涌而出
越过大清国的重重关卡
海水之上，蛮夷们的坚船载着利炮迅疾而行

开门就可见山，推窗望去
左有狮山把守，右有大象护卫
二楼的小书阁，你常陷入沉思
常在屋后竹林的风声里听到万里之外的

惊涛骇浪。之后,决然叠起书生的格律平仄
弃了山水闲情,以一管狼毫
埋头疾书"经世致用"的雄文

沙洲之上,你睁眼五洲
二百多年后你研过墨洗过笔的金谭水
早已抵达五洲。当五洲回头看你
你为什么将书本合上,在湘西南一座稻田中间的
院落里,坐成一个乡下老头的模样?

圆明园

拜访你时,雨
正从一百多年前的天空掩面而来
湿淋林的历史　痛哭涕零

不能再把你还给硝烟了
残桥的伤口还没结痂
大水法的乱石冰冷而坚硬
城池变为跑马场
宫殿成了灰
我的酒樽
我的狼毫
我的园我的城

我的万里山河
我的屈辱和愤怒!

逃亡的天子瑟瑟发抖
号令天下的玉玺成了强盗们的玩具
群臣惊恐:
是什么,顷刻之间
摧毁了大帝国的无上尊严?

不能再把你交给沉默了
枪炮声,哭喊声,太监尖细的传旨声
大厦坍塌的爆裂声,并不遥远。
王朝的大门早就被炸开
既然没死,就该从废墟里站起来!
光讲道理是没有用的
求祖宗保佑也是没有用的
道德从来保护不了道德
罪恶总会为罪恶找借口

告别时,雨还在下
厚厚的雨帘试图掩盖我巨大的焦虑:
不过一百多年罢
我们失去了多少圆明园?

梁尔源的作品

天子山童话

天子住的地方真美
草树是玉琢的
灌木都用珊瑚堆砌
小路铺着月亮的碎片
穿鸭绒服的游人
活像童话中的企鹅
移动着臃肿
一只灰色的松鼠
从银色的衣袍里钻出
在天子身边待久了
尾巴翘得很高
天子在晶莹中透露出
昔日的威严
凡间枯萎的心事
一夜之间在风中隐去

菩萨

晚年的祖母总掩着那道木门
烧三炷香
摆几碟供果
闭目合掌,嘴中碎碎祷念
家人都知道祖母在和菩萨说话

那天,风儿扰事
咣当推一下
祖母没在意,咣当又推了一下
祖母仍心神不乱
咣当,推第三下的时候
祖母慢慢起身,挪动双腿
轻轻打开木门
见没人,沉默片刻
自言自语:"哦,原来是菩萨!"

在南岳抽签

那个揣着香火的人
从儿时地狱走来
在梦幻般的悬崖边
一只无形的手
将灵魂从豁口中拽出

大殿前的香炉
将宿愿烧成灰烬
殿前升起的那架无人机
停在神的位置
想解密缥缈的禅语

在通透的霞光里
登南天门拾级而上
他用山岚净身
拿蝉鸣塞耳
当虔诚跪响山梁
大殿中飘出一袭金色袈裟

签筒里塞满了今生来世
那双颤抖的手
晃动过几代人的时光
一个闪光的真身
是菩萨尚未点化的背影

斋饭

在福严寺吃斋饭
方丈盯着僧人和食客
不准交头，也不能耳语
只有轻轻的碗筷声
在诠释"食为天"的尊严

囫囵着佛赐的米饭
刮走揩来的荤腥
打一碗清汤寡水
冲刷掉腹前隆起的陡峭
让良心更贴近小草
酒肉不再是穿肠的佛祖

肚皮里只留下君子之交
让米饭和南瓜亲吻
冬瓜与茄子交谈
豆角代我祈祷：
大地呀
万物呀
我终将也是你的素食

拉卜楞寺的红袈裟

行走的僧侣
披着宽厚的红袈裟
裹走了尘世杂音
吸附着人间的锈色
神秘的殷红
不知过滤了多少红尘俗事

那是草原静脉中蠕动的血色
没有跳跃　冲动　翻腾
在雪山冷藏的虔诚里
积淀着太阳溢出的高原红

裹着佛堂的那卷经书
牵动行走的牛羊
好似草地吐出的经文
一张张高原的脸
那是离神最近的表情

阳光穿透红袈裟
辉映成高原的红玛瑙
我蛰伏在佛的心中
修炼成一只
纹丝不动的昆虫

秋风辞

古道在蒿草中隐身，老客栈拴的瘦驴
被秋风呛出一个响鼻
一支马队，在云间走失

炊烟没精打采，山峰腼腆
坝上的那面镜子里

有一行大雁还没回家
少女在擦拭蓝天,天际多么深远
山村的眼睛仍在梦里

穹顶越来越高,凡间很低
夕阳的手,涂抹着裸石、峭壁和裙摆
唢呐和头巾在远眺

果实掏空了村庄的念想
秋风在脱衣,节气已赤身裸体
群山的腰间别着金黄的咒语

乾坤日夜浮

杜甫走了这么久
岳阳楼仍在水中摇晃
二乔在勾引世俗
君山一直摁不下去
湘妃时常从水中站起来
乾坤在忐忑中起伏

凡间的水苦咸
盐分托举着黄色的欲望
白帆是云彩的手影
风在当吹鼓手

将湖水吹出泡沫
鱼儿是梦幻破灭的祸首

祖母没上过岳阳楼
她不登庙堂也不处江湖
站在湖边六神无主
自幼就在心中下了锚
那双蹒跚的小尖脚
是插在大地上的一炷香

西庐寺题句

连一声木鱼也没有
隐身得那样无形
虽一袭袈裟
裹胁了刀光剑影
但满嘴的经文
仍撩拨着红尘俗事

高人都已退隐
有谁能扪及佛祖的心跳
他的眼神一直盯着我
似乎在悄悄问
你的灵魂开光了吗？

施主们都在给主佛烧香
冷落了右侧的卧佛
右手托腮,眼含微光
那长久失眠的神态
也让我渐生怜悯之心
真想劝劝菩萨
别一辈子再打单身了

隐真观

走进隐真观
玉帝待在久未擦拭的玻璃框中
若隐若现
人间求他的事太多
烦得不想再露真容
想必他在模糊中
许久没看清人间的真面目了
整个红尘迷漫,雾腾霭瘴
伪者隐于道
淫者隐于经
盗者隐于市
小人隐于侧
……
在神仙面前
我脱下隐身的那顶斗篷

玉帝突然推开玻璃门,惊诧!
这不就是我放飞的那只鸟吗?

古洗药井遐想

那么多年过去了
倒影中孙思邈
一直捧着那颗心
在人间浣洗

低头往水井看时
似乎有药的芳香溢出
我顿时感觉
整个洞阳村仙草遍地
山梁上多有神医奔走
那些药罐中熬出的铜臭味
都悄悄从朗朗乾坤中蒸发

回到家中
仍在产生一种幻觉
好像自己成了鹤发童颜的神医
在药罐中熬煮一幅地图
同时,又觉得成了老者手中
那味越洗越黑的药

张家界写意

那些昂首陡峭的头颅
阳刚雄起的岁月

闪电撼动过吗
月色抚平过吗
呻吟淹没过吗
时间折断过吗
……
啊,血性的图腾
山河的命根子
玉帝赠予的生殖器
仰天长啸的种族
铺天盖地的戈剑长矛

张家界玻璃桥

家里那块穿衣镜
从来照不出我的反面
大街上的玻璃幕墙
只收藏市井的城府
而在你身上行走
才能看透人间的深渊

天堂

三千根陡峭的岩柱
耸立三亿年了
天堂究竟要建成啥样
什么样的骨头可以作横梁
什么样的心境
可以铺大厅
什么样的山歌
可以当韶乐
什么样的彩虹
适合架穹顶
什么样的云彩
能裁窗帘
究竟要收集多少星星
才能点亮那盏灯
……
每一次来张家界
为了复原神仙带走的蓝图
我坐在天门洞口
久久地张望

天门洞

今天万里无云
阳光的折射
好像给天门洞
安装一面晶莹的镜子
洞旁的那块巨石
似正在梳妆的狐仙
砍柴的少年
开始和神仙打哑语
蝙蝠侠想冒更大的险
表演高空穿镜的神仙术
夕阳下,我的灵魂却很沮丧
因为下山还有路
上天却无门了

李不嫁的作品

往事·张家界

只有极少的朋友知道
年轻时,我经营过旅行社
那时的大庸还未更名
那时的张家界,养在深闺人不识
为了说服外省的游客
我总用自己的瘦骨嶙峋,向他们形容
还有数百座类似的孤峰
集结在深谷,等待探寻:秀、幽、野、峻、雄

那时我壮志凌云,像天门洞;金戈铁马,像神堂湾

雨中谒屈子祠

我们来的时候
大雨倾盆,汨罗江像一条旱地龙

似乎要拔地而起
随我们飞身上山。屈子祠的屋檐
收留我们像一窝燕子
不沾湿一片羽毛
说来也怪！我们下山的时候
大雨戛然而止。莫非古今写诗的
真有那么点心有灵犀？那一尊天问的雕塑
仍摆出一副挺身而出的姿态
似乎他一个人的大氅
足以替我们抵挡漫天雨水，并顺手摁灭脚下的惊雷

诗歌的第一课

窗外雨声喧哗，但我们正襟危坐
开始听诗歌的第一课
在屈子书院
尽管主讲人已站成雕塑
但我们不敢丝毫怠慢
因为迟到！
雨水都替他磨过墨了
汨罗江已给他洗过笔了
尽管青山端坐如私塾里的童子
只等先生戒尺一响
便雀跃着下课，但我们仍需继续聆听、补习

那离字难写啊，需十个笔画；而骚，简化后还那么复杂

英伦的作品

天门洞

打开就是最蓝的天空
在张家界一挂千年,无人敢偷

打开就有世间万物
都镶着金边和蓝宝石

打开就看到驮着天赶路的太阳
不到黎明的垛口,绝不歇息

打开或者关闭
都是一扇生暖,半扇生凉

抵达（组诗）

宜宾茶马古道石门石刻即兴
本已功高盖世，却说"勒愧燕然"
这令一把时光之刀，感到了疼痛——
茶马古道五十关的哪一道关前
不悬挂着幡旗和头颅？

为英雄树一块碑容易
把碑文刻写端正深刻却难
描述一段英雄传奇容易
反刍英雄所处的那段历史却难

我低头想这些的时候
有好几辆大货车，正在旁边的公路上
呼啸而过，带起来的风声
让我的肃立和鞠躬，有了
轻微的摇晃

路过沧州
离沧州越近，公路两旁的大沟越深得怕人
但没有水
庄稼低矮干燥，匍匐着挣扎
一想起八岁那年，我差一点做了沧州一个亲戚的

继子,就一阵胸塞,小腹也更鼓胀难忍
从德州以南就憋着的一泡尿,哗哗而下
竟没流到沟底——
沟坡上那几棵刚移栽过来的豌豆
或许会得到点滋润,而活着等到
一场绵雨

吴桥观缩骨术
往小里缩,往更小里缩
直到穿上童年的小衣服
像个抹了油的黄狸
在狭窄的洞里钻来钻去

原来回到昨天,甚至逆生长
并不难——
只要肯闭死生命中
所有的缝隙

桫椤湖
踩着你寂静的目光;踩着
桫椤高大笔直的椎骨;踩着
水草葱绿柔软的意境;踩着
湖面上唯一的小路:时间和幻想
我要到你的眼里久居,桫椤湖!
桫椤树的阴影浓密,凉爽
被梦幻般的藻类覆盖

鱼在优雅而宁静的高度穿行
阳光随意挥洒的一切，芬芳了湖中
所有的爱情。唯有我的诗，在水中
四散生长，等待你采摘
我不想在久居的幸福中
一事无成。我要像一株桫椤那样
暗暗地，生长；寂静地，坚守；热烈地，倒下，但
并不死去

青州古街遇打铁铺子

两块烧得通红的铁
很快被大小两把锤子揉在了一起
我听见火得意地说
我能把它们揉在一起，就还能把它们分开
火当然没说，分开的过程
它们必然要受些轻微的伤害

我的双手不由越握越紧，并微微颤动
仿佛一下子握住了一生的幸福——
只要心如燃烧的火焰，爱这块铁
就永远不会冷却

嘉阳小火车

0.76米，世上最窄的轨距
像两只长长的手臂，伸向天空
"不从哪里来，也不到哪里去"

小火车真小,铁轨也细
还是烧黑炭冒白烟,汽笛像牛叫
都高铁时代了,却还在跑

起点到终点,不过三十多里
却要开一个多小时
甚至司机高兴时,招手即停

最喜欢从晨曦里开来的那一趟
一条青龙在山岭蜿蜒
一声长啸,吐出我所有的浊气

坐在铁轨黛青色的脊背上
像骑一片燃烧的朝霞
向着越来越深的那片蓝,飘去

即使将来它会停驶报废
也别把这条窄轨拆掉
它会让后人明白:

轨有宽窄,人无便道

梁书正的作品

武陵山脉上独坐

一切都在脚下了。抬手,可触摸星辰

过村庄时,我是老农,过稻田时,我是谷子
趟过溪流,我已成为一滴露水
现在,我已无我

我是武陵山脉最高的山峰
是匍匐在泥土之上的一粒草籽

张兴诚的作品

宁愿在吊脚楼里醒来

大山
迷醉在野花的香气里
荔溪
冲走了尘世喧嚣
看门狗
把黑夜趴成了白天

喊醒梦的
不是闹钟,是鸟鸣
山风揉开睡眼
掩起耳朵
还能听见稻浪的交响
沙沙地翻滚

乡村的乐章
如晨钟
似暮鼓清晖
接住碎了的光阴
暖了仲夏葱茏
和人间至味是清欢的心思

五柳先生成名的地方
比肩接踵的脚步
也未能
让终南山种菊
成为返古的时尚

嚷闹与清静，从来各自为主
牛背上的短笛响起
正了正头颅，还是
宁愿在吊脚楼里醒来

立秋

一个转身，日子打了个盹
再找寻时，你已骑上云头
好柔、好美。没有
夏的狂躁，春的多变，冬的阴沉无情
连同风雨、花草也都刷新了模样

水落无痕
你,来得如此悄然

相信岁月的虔诚。
山色蘸满湖光,握紧
把清凉,一遍遍写进山川原野每个角落
然后鸿雁传书,让天高,任云淡风轻
迟缓的时光里
不再扯块乌云就大雨滂沱

把思念寄给一枚落叶
和记忆里那片金色的成熟
回身
再听一次蝉鸣,相互一拜,此一去山穷水断
转眼,就是雪花满天

张沐兴的作品

张家界,创世之绣

峰林的古戏台上,群星欢腾
成长过程的月亮以温情的光拭去人们内心的灰尘
跳摆手舞的万物,山歌里的祖辈
把风写成缤纷诗意。而寂静属于一根绣花针
它让夜得到花朵与无限种可能
那个绣着峰林与春天的土家族女子
一针一线安排赞美,把稍纵即逝的时光固定下来
众生万代敬仰的造世之神
可能活在她勤劳、灵巧的手指里。

张家界,山水与梦想

诸神在赶工
用云霞刷新张家界的穹顶

石头也纷纷上路
武陵源、袁家寨、黄石寨……
正在修砌天堂
只有祖先闲,把劳碌的肉身还给了青山
从此不要问及我的梦想
你看,清澈的小溪
将尘世系在了一滴水出发的地方。

姚红岩的作品

我爱山水洪家关

走进洪家关
不仅仅这里蕴藏丰富的红色基因
不仅仅这里是神奇大自然山水的宝库
红的传统植根于灵山灵水红的种子经风一吹绿遍满山峻岭

这里的山水是大自然的清洗
这里的山水是天然的杀菌剂
花园村的周光祥
带引我顺溪而上
进入山水洪家关

宠辱皆忘　清洗了燥热　苦恼全大山缄默不语
东西涧的水似琴弦　弹奏一种宁静
几缕清风　心很快安然

我悟透了
没有山水的人生是暗淡
疏忽山水的人思想是愚昧
当年红军不惧艰险　勇往直前
取得胜利不就是融入这山水
所以我常常希望走近山水
亲近山水感受山水的寂静　博大　忍耐
然后面对人生

其实山水境界也是人的境界
一个人有各自的人生
各自的人生有各自的境界
这山　浸润当年红军的革命精神
这水　融入当年老百姓"十送红军"的情

今天　我来了　来到这里结对扶贫
与山水融化一体　不忘初心　牢记使命
点燃马灯　长征精神　血脉情深　奋力脱贫

我爱洪家关的山水　这山水有灵魂

走着走着就只剩下曾经

今天
阳光落在安静的山
照亮回家的路

今天
游子故乡祭祖
更懂了血脉的意义

今天
一年又一年
生命与爱一生相依

今天
伫立安静的山
人生一本书
生封面，死封底

今天
无法改变封面和封底后的事情
但书的故事
却可自由的书写

今天
人生本没有意义
人生的意义在于
努力赋予它的意义

今天
松开时间的绳索
漫过天空尽头的角落
倒流回最初的相遇

今天
人类必能战胜瘟疫
迎来幸福的明天

来　我们一起过云天渡

今天来过云天渡
这是　送走瘟疫后的
一场精神洗礼

记得一首诗
我默诵着

"悬跨玻索桥
欲步颤心焦
脚下渊流涌
掌心汗已潮"

今天　这桥我虽过了
但心仍还停留彼岸

一个好友
曾告诉我

此生不为钱活
此生不为自己活
此生只做别人不愿和做不到的

这就是"心桥"
她就是"摆渡人"

今此
天桥合一

云雾之间
宛如千尺白绫
若隐若现
我看见　游客渡过峡谷

站在高高的天桥
久久不忍离去

放眼望　再放远望
仰望天　再俯视地

这个名叫三官寺的地方
这个藏着三亿余年秘密的地方

这里　陡峭的悬崖
如同时光老人的臂膀伸向海洋

漫步其间
让人有一种走到天边的感觉

脚底下蔚蓝碧澈的海水
拍打着奇峻的岩石
涌卷千堆浪花
荡涤心间百般闲愁

伫立岸边，极目远眺
心胸开阔了

朋友啊
你有什么坎不能过

有惊无险　化危为机
自由自在地
活在天地间
就是百亿财富

来　我们一起过云天渡

印象天门山镇

又一次
亲近您
又一次
扑入您的怀抱

今天迈开步伐
走进天门山
早早地融入
这似云似雾的仙境

您千姿百态
您风情万种
敬畏
您的坚定
您的胸怀

夏季
天朗气清
天门山上空
朵朵白云像艘艘轮船
航行在湛蓝的天空中
给单调的蓝天增添生机

夏天的田野显得更加空旷寂静
偶尔飞过的鸟打破了安静
天门集镇人来人往
卖油巴巴哟卖苞谷巴巴哟
吆喝声声声入耳
我花二元人民币
买了两个香喷喷的油巴巴
花十元人民币
买了三双袜子
大口大口吃完并立即换了新袜
知足幸福感倍增

这天堂街市
似梦境
生命中最美风景不是只有达到终点
才能领悟
终点未必有期待的最美风景
其实最美风景就在看似平淡的每一天
就在你无意忽视的身边

今天依偎在天门山的怀里
今天依恋大坪
一股股暖流在胸膛涌动
与大自然与老百姓融为一体

物我两忘
登临送目

天门洞后的密林

天门洞后的密林
还有一道弯
就到了

天门洞后的密林
一种安静的美
一种清净的画
一种自然的音乐

天门洞后的密林
又一个灿烂的天
在这里邂逅

天门洞后的密林
此地，此刻
房东拿出足足的苞谷烧
陈放足足二十年的老腊肉

天门洞后的密林
酒桌

就摆在云上田园
遥对天门眼
恰天门洞开
紫气东来

天门洞后的密林
忆儿时
院子有个稻草堆
小伙伴围着捉迷藏
这里原始的孩提风貌
无论风吹雨打
岁月变迁
心永远是童年

天门洞后的密林
在这云上田园
绿树簇拥
意趣无穷
悟大自然之乐

天门洞后密林
一句话欢喜
一句话泪流
都为你……

天门洞

洞生长在山下是暗
洞生长在山上是明
洞生长在张家界
就成了天门

天门洞的那边是西方
天门洞的这边是东方
无论东西都是人类命运共同体

李盛的作品

湄江神话（组诗）

题记：2017 年 5 月 10 日，偕友人游湖南涟源湄江国家地质公园。有赞曰："桂林山水甲天下，湄江山水甲桂林"云云。

湄江的树
临到启程的时候
我的心还在激跳
未曾料想
招邀我的竟是一则"雷人"的广告

喀斯特——十里绝壁兀然矗立
像那把开山斧斫开的劈柴
倒映在清瘦的湄江上
大炼钢铁的伤
至今是它隐隐的痛

暮春的阳光多有些慵暖
易让人产生幽媚的联想
一条三叶虫
在地博馆的展台里
已经张开晶莹的羽翼
向我们解析飞翔的密码

可是湄江啊，我钟情的神话
曾经遮天蔽日的森林
随处砍倒一棵
它壮硕的腰围
曾经就高过、高过我们的头顶

湄江酒家
店主人好客，笑呵呵捧上来
湄江的黄叶茶，湄江的糯米酒

店主人劝客，笑呵呵请我偿
湄江的嫩子鱼，湄江的腌干笋——

杯盘交错，笑呵呵的主人就不提
湄江的煤、铜、铅、锌、锑
湄江的多晶石、三叶虫、五色土
——物华与天宝

酒阑人欲散
店主人只是紧执我的手：
这方圆几十里
矿洞几百口
过去开——我痛
现在封——我痛

三叶虫或多晶石矿物标本
岩层中，我们见证着
活着的星子，飘逝的云

岩层中，我们见证着
醒来的早晨，安眠的夜

老口子看长沙：诗歌长沙（组诗）

药王的街道
通俗的称谓，有药
熬过的味道
药王街，暖在心底的字号

谥名"药王"的孙老倌
至今，还寄身街上的"王宫"
研磨祛病的丹方

苦与甘，共一副热肠
譬如医人医世的"望闻问切"
——阳光般低垂的操守
（注：药王街位于长沙天心区，为唐医学家孙思邈隐居地。他著有《千金方》，被后世尊为药王。）

贾太傅祠
阳光如金箔
纷纷扬扬撒向太平街
太傅祠的大门槛

窄窄的街巷
趋步，庭阶痕深
院苔幽窈
迎面粉墙上近乎虚静的白
仿佛欲把我的心沥透

唉千年人杳
我问太平街这家老字号
你的《治安策》《货殖传》
还有——《过秦论》
该，买谁好

天心阁

楼阁飞惊
游客伴饶有兴味
和我嚼上半阕稗史

星城如画里
不过,我依然这样认定
最美,是这座檐牙飞翠的楼阁
晴空下
凌虚滑响的声声鸽哨

噢临高远眺处
千里湘江飘然北去
阁道上时有劲歌热舞随风吹送
仿佛邀我
上阁台去——
这歌台舞榭
还有更开心的章节

韩玄墓

堡垒最容易从内部攻破的么
守城的太守
可能来不及仔细思考

骤然金鼓掀天揭地
英雄们早已把战场
摆在各自的来路口

两千年的守城者呵
——你的失路之痛
至今仍是我怀念的节点

营盘街
庄稼汉组成的编队
摆上战场的正面
钉子般扎定的营盘
牢牢楔入护城的墙根

传说,率营的统帅
出身是个文弱的书生
一副肝胆,天生就
扎硬寨的脾性
让对手们脑筋伤透了

是文官也不贪财不怕死
有人浩叹有人嘘唏
吓——,守一城而捍天下
提定这三尺剑
生死只是须臾间

铁打的营盘街啊
一百六十年来家国事
好儿郎嘛
有这些个湖南人

杜甫江阁

湖湘道
我把访你的日期
一推,再推
有如当初
你咀嚼在怀
辗轲飘零的况味

去古渡头
越江而行
你曾经租寓的江阁
毅然扑入我的视线
略显夸张的飞檐,高仿
浸润几多风雅的光晕

"漂"——
千里湘江飘然远引
如你的一口"绝句"
或者半阕"忧患"
搅彻这满城落花风雨

"漂"——
江阁外，十里沿江路
已是车行填咽，歌吹沸天
莫问我为谁纠结
为谁兴叹：
是否行路真难
还是居城"贼"贵——

湖湘道
我把访你的日期
一推，再推
有如当初
你咀嚼在怀
盘桓难了的况味

烈士山晚坐
宽长的石阶如波浪
层层相叠向上推
高高的烈士塔如浪花
开在高高的浪尖上

安魂的长明灯至今仍在亮
指路的红火炬至今在燃烧

这就是呵湖之南
英雄辈出的新长沙
这就是呵湘楚地
"楚虽三户……"的古湖山
(注:2017年7月初,湖湘大水灾。经全省军民奋战,至6日解除水警,公园晚坐,写成此诗。)

黄兴路

翻阅羑民国史
多情说史家
黄兴路——
温暖古长沙

开山的路呵多荆棘
崛起的城市尽繁华
英雄多壮志
春秋义不赊

毁家——纡国难
许身——担天下
霸蛮的湖南"骡子"嘛
历史敬重你,让三分

纷纭家国事
仿若来当下

英雄与豪杰
谁真谁是假
问百年黄兴路——
曾经匆匆来去的客

步行街

用素描还是速写
信步此时
笔笔去留入画

安步,欣然当车
休闲情味
美在细细品嚼、换位消化

如我的跬步踩定你的节拍
阳光呵缠绕脚跟
爱它的烟火人家

里耶秦简

考诸前史
太史公一唱三叹
留白处——
多少伤痛
多少失落
多少期待

弹指两千年间
而此时，里耶
面对一场穿越式的重现
我顿感一阵晕眩
仿佛我是你的一枝竹简
跌落在这口预设的古井里
又猛然苏醒——

我只是有些怃然
到底是谁的惊喜谁的悲痛
比如这个显赫的王朝
有关它的生和死
这些断简残篇中的记忆
失落在这遥远的边地

《书》以记事
先贤申申训诫
按此理推
我应该在文华荟萃的中原
置身杰基巨构中的高阁
或者安放在君王的御榻
大夫们施政的台几
或者奔走在州县的驿道
是又一通治国的新政

与列国修好的文书
或者是学宫里
莘莘学子展读的课本

《书》以记事
比如稼穑
当是头等大事
包括每个人的起居日常用
我肯定记得
我曾种下一畦豆,树五亩桑,
再营构几间宫室的经历
在陶复陶穴的土地上
打理小康生活的日子

我肯定记得
缓缓品尝新酿糯米酒的喜悦
在南山采回的竹片上跳起舞
踩着"关关雎鸠"的节拍
去迎娶河那边美丽的女人

我肯定记得——
我们的跑马征战
攻坚伐谋
冲向压顶而来的嚣嚣云阵
执我戈予

御我家邦
传书万里之外的家人
一轮圆满的秋月
照彻高高的长城

我有些欣欣然
我骄傲的给孩子们讲起
书同文
车同轨
定器衡——的故事
泱泱中华啊
她有着壮阔无比的
远大前程

我啊一遍又一遍
肯定还记得
有几十个章节的家国春秋
周而复始上演着的悲愤
记得一位老人下笔五千言的智慧
和他振聋发聩的告白
记得毁灭和再造
儒生弟子们正在进行时的探索
记得属于这片土地上
百花齐放
百家争鸣的青春

诸子百家开张宏阔的视界
和汪洋恣肆的设想

考诸史前
太史公一唱三叹
留白处
多少伤痛
多少失落
多少期待

于此时，我只是不敢相信
这三万六千支竹简哪
透过二千年的蛮烟瘴雨
在这个名叫里耶城的古井里
没有预知的醒来——

和着我两千年的尘梦
和着我千万里的家国

纪念日（组诗）

谒魏源故居

借你打开的"视窗"
我们比照着看过去
透过惊诧与忧患
暴风雨剧烈的呼啸

二百年接力同一样怀抱
只是出乎所有的预料
数十年中事
艰难险阻踏平成大道

如我涉远而行的求索
在一张显影的屏面上
指路的"北斗"啊——
刷新我的依然是方向。

在圆明园
倨傲的石头仆倒半折京戏里
如裂帛，如碎玉
划然人散后，余音空寂寥

一群不会说话了的石头呵
一群砍头斫脚、失血过多的石头呵
躺一个多世纪更无法收殓的石头呵
可曾听到我颤颤而行的独语

"寸草为标"
当只是传说
金殿金瓶里
插支乌拉草

乌拉草哇乌拉草
插支乌拉草

当只是笑谈
他家园子
原值一寸草
一寸草哇一寸草
原值一寸草

纪念日
纪念日，我们共迎一场大国考
莘莘学子嘛你们肯定会记得
特殊日子里，交过一份难忘的答卷

刻刻去时光阴、好比是赛跑
十载寒窗，万里云图，挽一弯新月如钩
而"七七"呵岂是我信口说来的巧合

丝路歌行（组诗）

太仓：浏河古埠头
故事如浪花簇拥
开落无尽遐想
谜一样的CHINA，谜一样的郑和
谜一样的三宝船

七百多年涛卷潮回
似是寻根问案，第七次
止于第七次呵，渺渺烟波里
驶过长江口

万里海空辽阔。龙旗舒展
苏门答剌，榜葛剌，木骨都束
墨西哥古城堡……
三宝船是一方流寓的国土

举世惊艳——是飘逸的丝绸
茶的清芬，瓷的脆响
也分享一支玉米的甘甜、番茄薯的清香
闪动金马玉石的光泽
波斯、欧罗巴、阿美利加的情调

浪花开处，泊碇自由与美好
相信任何力量不可以阻挠
我今走过太仓浏河古埠头
问万里、风樯云动
哦我的郑和，我的CHINA

南海：三沙岛
巡天，天蓝蓝
驾海，海蓝蓝

白云凌空花开,镶嵌一朵朵
三沙作画板

风帆飘然远去
轻翦鸥波几点
绿树群楼幢幢影
西沙岛——一烙在海之南的中国印

海蓝蓝里天蓝蓝
天蓝蓝里海蓝蓝

站起来,矗起来
永兴岛上的塔
黄崖岛上的旗
春晓油气田的井
碧渚礁、华阳礁的护波堤……

三沙的风又吹开来雨雨
征帆驶向远洋
连通亚非拉美
海之路,舞动中国蓝、千万匹绸缎

天蓝蓝里海蓝蓝
海蓝蓝里天蓝蓝

海口：大海的水袖

大海的水袖攒领簇簇浪花
欲拒还迎、欲拒还迎
它频频相顾我，舒展开，似唱白

赶海的人们纷纷前出沙滩上
偏我，只管贪玩的踩浪客
拣一枚淘空的小海螺
紧衔嘴里，使劲呜呜地吹

青海：蓝是梦里的谜语

蓝是梦里的谜语
我把她存盘到 E 本

莽原兀立，寂寂辽阔
把持不住的多半是心律

天透蓝透薄
所有矜持，仿佛一触即溃

阳光泼喇喇在经筒上转
风马旗在风中猎猎鸣响

一只湖鸥频频扑倒梦的谜面
又快速弹入透蓝的虚处

青海长云
借此谛听、或者微信
白云的原乡

雪山是神的门槛我的门槛
蓝天是神的穹盖我的穹盖

阳光呵是神的肤色我的肤色
坦裸在心底里,泛动无边的沧桑

长恨难解,是这片绒绒的青草地
温润如玉的湖泊

鞭梢落处,支领一袭宽大的藏袍
四围长云缓缓攒立在高高的山冈

日月山
走近这垭口,我们歇歇脚
日月山,久萦在怀抱

中原回望,应是日近人远
西域纵眺,一样关山苍茫

青岛港——鹿特丹,中西欧班列
日月山,见证新时代

新丝路续古丝路
千丝万缕,牵手话绵长

玻璃桥

且放下体内半幅薄冰
瞬间闪电

且放下体内半壑松籁
一抹微云

以及醉去
临界的清醒

以及醒来
透骨的惊心

野松的作品

神州行吟（组诗）

大别山

这是大别于他山
由千万颗心堆垒在一起
耸立在中国现代史上的高山
每一寸土壤每一块石头都红得
让你一唱就是八月桂花遍地开

四度辉煌，每一度辉煌都是
用无数倒下而不折的腰骨作旗杆
用无数淌血的胸膛作旗帜
以一种主义抵抗另一种主义
以一种信仰催生一种幸福向往

只要活着，就要干革命
只要火种存在，就会燎原驱逐黑暗

苦难不会似望不到尽头的林海
雄鹰必会越过一座又一座山峰
迎接没有腥风血雨的黎明

最能坚守阵地的就是岩石一样的意志
最能支撑苍穹的就是岩石上的劲松
千里跃进，揭开新生的序幕
太阳从刺刀尖跃上顶峰白马尖
炮火硝烟就化作晨曦万丈

许多东西都可以在风雨中丢弃
但山泉水一样的追求，不能放弃
许多愿望都可以割舍，但在镰刀斧头前
握拳举起的初心，不能放下

新时代就是新的长征
烈焰般的红旗，永在清风中飘扬
冲锋号已吹响了中国梦
再突破新的重围，再冲出新的岛链
就是第五度辉煌，就是第六度辉煌……

红田

一块稻田，三十平方米的刑场
不足两个月，就在这里
倒下三百多挺直的身躯
血，浸红了泥土浸红了历史

是什么,让他们的颈项比钢还硬
让屠刀的刀刃都砍翻卷
是什么,让他们觉得
砍头只当风吹帽
又为何,每到清明时节,这附近
总会盛开一丛丛的红杜鹃

低首向纪念碑三鞠躬,突觉心梗
我对这土地有深深的愧疚……
昂首,则见那些滚落的头颅
升空而去,猛追太阳

在许世友故里
少年时听到的传奇
在这里再次得到了印证
上马杀敌的将军一生好酒
墓前整饬摆放的酒瓶
后人为将军砌垒的阵地
血性男儿的忠,勇,义,廉
都已写在故乡的一草一花一木
那满墙的领袖像,至今似仍
与一名老将对视交流
那是怎样的一种肝胆相照啊
共同的信仰,共同的赤子心

要永远为华夏大地高举红旗
而将军三次跪拜母亲
已把一条乡间小路,跪成
灵魂高地上的黄金孝道

游惠州西湖

风吹绿了西湖
酒意盈荡了千年的
东坡园,我用双足丈量来
又丈量去

其实,宋朝并不遥远
仍挂在居士啖过的
那些岭南荔枝的树桠
天下飘摇得只剩谪迁的穷途
从京师到黄州,再到惠州
被罪之身,受创之心
仍让民瘼作己瘼

捐犀带,建堤桥,绘秧马图
建水碓,造水磨,开药园
累了就发出一句盛叹——
梦想平生消未尽
满林烟月到西湖
从此,丰湖便成西子

携不走朝云爱妾
又一次生死两茫茫
老泪成湖之后
独身天涯，让孤山
成放达词句中一个永久停顿的
空格

而此刻，夜点亮了繁灯
苏堤拱月，春风十里
所有的表白都不如你
我只捞一颗
白玉包裹
荔枝核一样的　初心

这长城
还是我原来的长城么
这一段一直沿着山脊伸向辽远
朝阳给他披上金色战袍
苍老腰身似仍有些疼痛

华佗给他把脉，刮毒疗伤
谁在远远地看，并问
腐坏了的都挖除尽了吗
补砌的是否都是秦砖汉石

夜雪依然未尽消融

大漠苍茫，环球小小

透过瞭望口，你能否告诉我

世界真的同此凉热

隔洋的目光从虎眼喷出

呐喊隐于陡峭的山岩

利器不再是弯弓射出的箭

我们的血液都已流入他的躯体

泰州春雪

有一位元帅当年从江南三进泰州

我今则从盐城经东台一进泰州

气温在下降，路灯却逐一燃亮了情怀

照着风将雪铺满大地

洁白的岁月写满了故事

车一停酒店门口，你就一边惊呼

一边小心踩进雪里，以双手

接雪，捧雪，要我摄下

寒夜里童话女孩的娇娆

要我录下古城的浪漫温馨

要我与你一起赞美古城新雪

次日清晨,我们穿过年轻的老街
将悬挂在空中被雪痴吻得脸红红的灯笼
数了又数,数成冬天赠给春天的果实
而华夏第一响鼓此时拒绝被擂
对我耳语:岁月静好是最佳的状态

凤城河水依然流动生命的韵律
一张无尘无污的厚毯铺盖河滨
红梅吐蕊含雪,蜡梅嬉闹枝头
雪人在情侣的手中长高
我的 U 盘只储存你今天的容颜

无须登上江淮第一楼,也无须
寻觅范仲淹、文天祥、岳飞的足迹
我只想静静地在一张雪白的宣纸上
绘画我的梦,你的梦……

嘉峪关

一座关城,吾国脊梁不可缺少的一块骨节
一座关城,坚守吾族完整意志的巨灵

一

我再次从东而来,又从西而归,在此驻足
北望黑山石,南望祁连雪

抚摸着这些厚实的墙砖，随风
逐一走上寂然无语的箭楼、敌楼、角楼、阁楼
便有了要让我的啸嗷在十五公里的峡谷中回荡的欲望
曾经远去了的羌笛声竟从我的心灵故道折回，软软的撞击我的腔喉
我唯有——踯躅于罗城、瓮城、内城
环墙而走，仰首蓝天，觅那些飞燕的魂灵
"啾啾"的哀音啊，仍在这古老河西第一隘口的上空
仍在我的诗歌旷野鸣个不绝。这雄关之雄！这凌云之姿！
我怀想的征房大将军，此时似正马踏万里尘沙
自西域而归，让旌旗插上城楼，辉映红霞，辉映白雪！

二

已记不清多少次我从阳关西去，西去我的安西，我的北庭
去寻我的故人，寻那些被贬戍边的忠臣义士
寻那些在流沙赤水中被掩埋的忠骨
在西域，在昆仑山，煮白雪为酒，煮体内的热血为酒
聆听：大风起兮云飞扬，威加海内兮归故乡，安得猛士兮守四方！
漠风吹不干我的泪眼。迷蒙中我依然看到张骞、班超、霍去病、李广勇猛的身姿
甚至李陵死后千百年仍念"天子千秋万岁，长乐未央"的魂灵……
戎马鸣兮金鼓震，壮士激兮忘身命，一统江山为谁雄
重横行的男儿，挥戈舞戟，潮水般向前冲杀！冲杀！冲杀！

用多少生命才换来破阵的凯歌啊?! 汉雨唐风至今仍在八荒之上飘刮

尘沙阵阵，西去千千里，仍是我的汉唐疆！

三

瀚海孤烟，长河落日……啊！葡萄，美酒，夜光杯。

我从将军府步出，自豪中难免有些自嘲

曾多少次想象我的士兵那样醉卧沙场来个痛快

而责任却让我不敢有一刻丝毫的松懈，不敢让美人帐下歌舞

敌楼之上，我常耳听远处疾疾的马蹄

但那天山早已是我灵魂的高地，我的爱早已开成天山上的一朵朵雪莲

那些游牧部落早已是受我朝恩泽的臣民

我要防的只是那一支支外族阴谋的箭镞

沙塞三千里仍有我的边城，汗血马并不愿践踏我边亭嫩草

驼铃声中，我目送一队队驮伏着中华文明的商旅远行

越过极边，继续向西，向西……

日暮后，我偶尔会念想起我的中原故土

泪湿双眸，似听到妻儿的呼唤：胡不归兮，我的夫君，我的父亲！

四

不，这绝不是一些人心目中烈日下的有形废墟

从这巨灵内部发射出的光芒高远过祁连山的冰峰

九万九千九百九十九块砖的传说

并非杜撰在你身上的神奇！善意的想象总缘自真实的存在
山羊驮砖，冰道运石，头颅担保，才有这永久的危乎高哉
艰难困苦之事熠耀忠君爱国的诗意光辉
柔远之策，朝宗之心，今天的舞台依然演奏的旋律
而那旧戏台上的锣鼓声已远入高天之云
换来东升的旭日，普照大地的瑞祥之气
如今的嘉峪关市，大漠边缘的一颗明珠
生命和希望的绿洲因为召唤而一刻不停地奔涌着时尚的潮流

五

青海，长云，雪山……如今到玉门关也就两三小时的车程
到楼兰也不很远，哪还有寒光照铁衣，哪还有黄沙掩金甲
烽火早已灭了，而秦时的明月还临照着我的大唐诗魂
刚从伊犁携一卷《回疆竹枝词》匆匆归来的林公则徐
在城楼上执牵着我的手，给我指认一直绿向大漠深处的左公柳
为把春风度过玉门关，度过交河故城，吹拂天山南北，日夜忙碌不停
我还看到四海的波涛此时正把金银之光
涌向哈密，涌向吐鲁番，涌向乌鲁木齐，涌向喀什
涌到博斯腾湖，涌到艾比湖，涌到赛里木湖，涌到塔里木河，涌到叶尔羌河……

六

六百四十年风霜雨雪，依旧严关百尺

这是万里长城的终点么？抑或新的起点？纵横交错的烽燧、墩台，古老的悬壁长城

是否已连接了今天的酒泉基地？是否一直延至西沙、南沙那些不沉的瞭望塔台？

绿色的生机旁又发出新的呐喊，摇荡新的旌旗

啊！我的雄关在轮台以西，在塔城，在伊宁的霍城，在喀什以西的伊尔克什坦

在国境线上的每一个隘口

而古来征战几人回啊，古来征战几人回

今天你在喧哗中的宁静圆融，乃我永久的祈愿！

登西岳华山

人生何尝不是如此窄险的一条路。

从遥远的尚还温暖的南方奔来，即觉北地的寒冷。

一种已久的神往有如无比巨大的引力催我豪情激越，

向上就是为了寻找梦中的那片桃林。

生命何其微弱！此时气喘吁吁但仍艰难地探历命运的险途。

看过巨岩下的深渊，惊怕之心又沿上天梯攀向莲花盛开的高台。

云淡天蓝，高峰之上还有高峰，

徘徊于苦难低处的人呵请仰看那飞翔的巨鹰，那光明之顶。

苍穹之下尽是鬼斧神工的峻峭峥嵘。

那些绝顶飞泉是否都源于这一泓仰天池？

仰天池上觅不到人间烟火，三千界外还有什么放不下的欲念。

火红的枫叶中忽而飞出一只凤蝶,薄薄的羽翅划破了深秋,
似说:那些帝王的仙踪早已远去了,唯有万物生华。
我真的累了,杨公塔旁叉腰而立,
但见寒风中一棵棵岩松以挺拔凌空之姿,剑指我灵魂的虚无。
哦哦,我并非气短的英雄,只是远望山外的空蒙,
我默然无语。但祈千古流不尽的黄河渭水,浊浊清清的岁月能予我如此壁立千仞的雪白钢身。

唐成茂的作品

大唐的春天（组诗）

在大唐的春天，我是一只相思鸟
故事乒乒乓乓一声　掉在时光里
一把桃花扇扇起　一个春天的涟漪
思念是一枚邮票　人生是一艘客船　命运荡着双桨
谁一生不在水里　起起落落
关键时刻　你要划得开水波　抚得平伤痕
解得开那神秘的胭脂扣

在大水里行舟　春情防不胜防
一个波浪袭来
道路可能找不着北
你可能体无完肤
爱情可能一下子被　打回唐朝
青鸟可能以断翅的方式　追求爱情
这就是我的甜蜜和忧伤

在复古的春天　我是一只相思鸟

嘴里衔着香麻　衔着时光的投影　衔着古今的梦呓

站在一片绿叶上

用一袭唐装回忆大唐盛世

把幸福抱得很紧

这是大唐的春天

我手里的大雁飞抵了　一首婉约的唐诗

思念的时候　昼夜光芒四射　菩提树小鸟依人

那个玉人来自唐朝

她用我的诗句　锻造我的宝剑　接通我的古今

隔朝隔代的雨水　淅淅沥沥　落在长亭上柳树下瓜洲渡

苜宿花在李太白的一首七绝里　绽放

梧桐树上的雪花　最怕细雨和纷纷扬扬的

孤独

我是穿长衫佩长剑的书生　我的双脚踩痛

千秋雪

我和长袖善舞的玉人

依偎在我用毛边纸编织的情人岛上

面对面抒情

古今的激情汹涌

她香包里的秘密　通过解开的胭脂扣

淋漓尽致地

泄露

手里捧着鸟声，千山都已飞去
我在风起的时候　要风有风
墙根上的藤蔓和念想　被吹得老响
风在墙头落草　命运在风雨中
绊倒　流浪的钟声
还未到岸
到客船

陆放翁的《钗头凤》　唐小婉的"人空瘦"
在绿瓦青砖的江南
把我变成公子　把故事变成伤痕

驿站上的云朵　要死要活地缠绵
归乡的小车　载不动许多愁
我仍迷恋水性杨花的江南
挥一挥衣袖　挥去十朝古都的胭脂味
挥去一大片　神马和浮云

这是扬州三月　这是你的扬州
这是康熙微服私访的客楼
这是扬州八怪新长出传说的胡须
这是我和你的画舫
江南忆　最忆是扬州
扬州的古城里　满楼挥起的
都是红丝巾

手里捧着鸟声　千山都已飞去
我站在已旧红颜的太息里
寻找时间深处的一湖春水　怎么
由有情变成无情
在越下越清寒的江南雨里
我用古琴弹奏心事

在暮鼓晨钟中　一遍遍访过曲池　永巷
一次次审视　划伤季节的江湖水
在雨中　我向着相思　抹去月亮脸上
的泪水

我方格纸上的日子甜蜜而忧伤
一张洁白的信纸铺开一条火红的道路
天就黑了
书桌上的激情汹涌
我看得见笔尖上的梧桐细雨
唯独看不见自己
时间和历史都埋着头奔跑
只有一支笔一张信纸才会理会我这一辈子

每一次金华的房门恣情地偷笑都有优雅的情怀
你只要一推开房门
全世界都随之洞开

你只要一打开信封
生龙活虎的我就会涌动一地的深情
撒下四野的金银
捧出撕心裂肺的金兰

你太美丽　夜晚所以太焦虑
我穿着思念的长袍生活
每一个好日子才会清瘦无比
我粉红信纸上的一缕缕长句才会挂满胡须
我豪华新楼的扉页上才会写满了相思的留言
大汤锅煎煮易碎时光
沸点上的往事最难熬才最值得期待
我等待你的光临
等待一簇绝代牡丹花统领我的一生一世

我方格纸上的日子香喷喷地含情
文字活蹦乱跳喷射出火焰
要最终读懂会耗去一生的力量和勇气
你方格纸上的青春绽放美丽
我方格纸的天空苍茫俊逸
方格纸永远是我们生生不息的故乡
我一生一世的光辉只为这一笔一画
我一生一世的价值只为了你动人心魄

荷叶噼啪撑开,证明她有独立飞翔的翅膀

一只荷花
从王月浦的《荷花》周敦颐的《爱莲说》里
探出头来
在线装书上洒下不少碎银
旋即展开押明清韵的油纸伞
石阶上青苔边坐着围绸巾的少女
她坐在媚水的《荷颂》里
清丽而优雅地绽放
她如莲的巧步叮叮咚咚
是我故乡的女友婷婷嘤咛
在我三秋桂子十里荷花的故乡
她守着一个世纪的约定
等我等瘦了荷塘

这是一幅乡村水墨画
一个民族的大鸟在连片的荷塘
啄出一个个季节的殷红
民歌开满了一荷塘
到处都是前朝贵妃的绿盖红衣环佩玲玲
故乡雍容华贵幽香袭人
一千年前萧绎的《采莲赋》净化了一百年前的朱彝尊
一千年前的荷叶边镶满了一百年前香妃红的睡裙

我故乡的女友
就是微笑都有香妃味

池塘跳雨真珠还聚
古石板上旧围墙边想心事的女友
她是一朵镶荷叶边的荷花露珠点点
一张荷叶噼啪撑开
证明她有独立飞翔的翅膀
如一轮明月年年岁岁守着八月十五
她仍然平平静静地守着人家的春秋冬夏
她守着的荷塘落日红酣
她守着的梦想晶莹透亮

河岸的新柳，一下一下地摆动温柔

河岸的新柳一下一下地摆动
绿油油的新词　随柳絮
一下一下地落下
金色云朵下温情的杨柳
低垂
不是让天空低头
而是让河水心存感激　让故事澎湃汹涌

杨柳摆动是诗歌在起舞飞扬
一首诗如一把切开蛋糕的　温柔小刀

刷刷刷地划开河水
让一座城市在爱情面前
亮出火红的胸膛　交出热乎乎的誓词

无论是城市还是乡村
都需要一把温柔的小刀
割开杨柳岸晓风残风
亮出民歌的品质和高贵
亮出纹理清楚的植物之魂
人生的从容与潇洒
昨晚做了爱上柳枝的梦
今天我一直被柳树爱着
一阵风吹来
柳枝优雅地摆头
我生命中的文字
一颗一颗飘落在河岸
河水里的心事
微波荡漾

冰雪开成雏菊，是女孩子的极端之美

雨点落在良心上
光阴落在雪片上
雨点和光阴　是落在
冬至门楣上的深情

是落在这个季节心扉里的
深入和深透

如果有一双大手　早晨能不能把握住夜晚
在一封情书里怀春的女孩子
她的十年芳华难道就这样轻飘成一张纸
她的一生难道都走不出一段情

蝴蝶穿不出浮华和落寞
鱼和熊掌可以兼得
鱼和熊掌落地拍岸　发出穿透厚水和天堂的
回声

地火借五谷和朝霞飞越冰川
点亮春天　即或男人头顶
光秃秃的秋天　头顶
草木不生的冬天　心中也有
一艘月亮船　一双水晶鞋

世界太多彩　有的人太苍白
有的人一生一世大雪纷纷
冰雪开成雏菊　冰凌花挂满天涯
这是女孩子的极端之美
这是李隆基和杨玉环的极乐之乐
这是凤西楼里的《云想衣裳花想容》

这是李太白送到胡云楼发疯的文字
这是冬天送给春天的礼物
这是母亲孕育山川和河流时
展示的极色之美

娘要嫁人　天要下雪
娘嫁人前是太阳的女儿
天下雪前要死要活要不到纯洁和高贵
风暴孕育雨水　没有风暴
怎么丈量大地之阔　没有风暴
怎么见证大仙之洁　没有风暴
女孩子怎么隔着岁月
享受极美之乐

刘笑宇的作品

伫立秋的入口

手持夏天最后的黄玫瑰
欲言又止。此时清风已徐徐步来

隔山隔水的故事总在挑拨
还未熟透的香梨。哪怕涩涩的咬一口

夏花如此灿烂。笑开了思念的引线
冒烟的土地渴望一场秋雨

在入秋的路口,怡然自得
应该蹚过了发烫的河水吧

面向东方,没有回应。就改个靶向
让子弹飞一会再飞一会

蝉声低一声高一声极富平仄
总想把心事拉长。不遗余力

偶尔习惯了的情绪晃出一粒
哲学的瓷，表面光滑，内心奔涌

就再一次在彻夜长谈中闪入围城
有过开篇有过翻篇还要什么

谁也不知，夏秋之交会有什么神奇出列
望着望着秋水就被望穿

水那边是枕着明月的山
山那边是枕着手臂的人

没人疼的人，披散头发
偶尔也会在夏季的尾端晒晒玉腿

偶尔，也会在梦里相遇一匹赤马
马蹄是否叩响一阕清词

偶尔，也会张开会说话的双臂
抱住一个人，让他为她梳一辈子头

将来的将来，我一个人醒来
身旁是否有人相拥，那个我临摹过多次的人

入秋，适合远行。带上灵魂之伴
又怕灵魂出窍。我在迟疑

梦中，我在她的窗台弹下许多烟灰
后来，也被秋风清扫了

一屋子流动的风声，在后半夜
她把手指安放在乳房上弹奏昨天

美人一般受不起风雨，也怕被人猜透
一次相携行走，比语言更直接

她不会关心一首宋词的来历
她只关心李清照是否也有色胆

是的，在入秋的当口
一棵树伴我站立，有几片叶子在舞蹈

我只记得，在尘世之外的牧场
有个故事至今只有开篇没有尾声

尾声！一只花豹穿过山脊
抵达不忍褪色的黄昏

涌月巷

我来时，正值黄昏
这个巷子只有一块墙牌
提示当年的浪漫

应该有一口井或者一个水氹
汩汩而出的泉水在月夜歌唱

应该有一排树
树下有一群人来来往往

应该有位娇娘
在月下对井梳妆

应该有一位无所事事的人
往巷子深处打量

像我，在苍茫暮色中
涌出一缕思绪

一条巷伴月而生
在月圆月缺的变幻中
早已改变了模样

涌月巷在昆明
一个叫白马而无马的地方
远没朱雀桥边的乌衣巷出名

乌衣巷里王谢堂前的燕子
被诗人惊飞
涌月巷没来过诗人
也不是我的小巷

否则,我会在巷口种上丁香花
烫一壶米酒,把盏等待
等待一场雨等待一把油纸伞
优雅飘过

绿,汗水染色(组诗)

在草原
不忍心把辽阔草原折成信封
将蓝天与白云的对话深入下去
马的奔腾驮着我驮着由远及近的思念
我自信,我这个老邮差
从没偷看过一页月色
风吹草低,我看见一群羊

把绿色一寸一寸吞进肚里

于是，我失踪在星星的故乡

在驿道

这连绵的石板不就是一页页信笺？

上面印满了马蹄和汗滴

以及皇朝的尊严

凹下的马蹄常常装满阳光又装满雨水

想象中快骑如风的背景

驿道，一封长长的信

系在山里河岸

系在天水之间

一读，就是烽火狼烟

一读，满眼令箭

在茶马古道

会想到云南哟

你们把普洱一大片绿色喝了

还要走进这里

寻找前世之旅

马背两边的包袱装满带香的邮件

你一路哼唱的

平平仄仄的句子

在草尖上滚动

抵达的邮件不见你的签名

你可以交差了
美美地睡一觉
发出绵长的高低起伏的鼾声
落在欲说还休的盖碗茶里

周瑟瑟的作品

周敦颐

在赣州
北宋的人
一个个浮现
他们眉清目秀
服饰洁净
帽子戴得端正
胡须一根根
清晰如流水
我认定他们
每天梳理胡须
坐在铜镜前讲话
诚为五常之本
百行之源
周敦颐在赣州
写下《爱莲说》

我洗脸梳头
按照理学
生活三天

地球

这一夜
我半睡半醒
沿着地球爬行
从北京到纽约
我的胡茬长出来了
从白天到白天
中间省略了黑夜
当阳光刺进机舱
一个中国婴儿
大声啼哭
这么小的孩子
他的耳膜太薄
地球上细微的响声
他都听得清晰
我已经是个聋子
地球带着大河高山
呼呼飞转
今夜它们是我的
身外之物

从天上

我从天上
看到一户人家
住在燕山山脉深处
房子清晰可见
门口一条黄色小路
绸缎似的飘动
那条路
应该是与外界
保持联系的通道
他们住在大山里
做什么
白云围绕
群山环抱
如果我不是在高空
是不会发现
他们与世隔绝的生活
飞机从他们屋顶飞过
我似乎看见了
一个小女孩
她坐在窗前
仰起脸蛋
也看见了我

飓风

飓风从古巴
向美国佛罗里达州行进
一个人往门窗上钉木板
昔日平静的海湾
浪花飞溅
旗子左右摆动
没有人爬上旗杆
他们站在海岸边
等待飓风远离古巴
这一周
我午后总是头疼
只因为飓风
以缓慢的速度移动
我往门窗上
每天钉一块木板

莫干山

我认识半山腰的乔木
我接近
毒蛇的生活
它们张开嘴巴

展示倒牙
问我认不认得
这些闪亮的牙齿
我仔细察看
蛇的嘴里
有一座莫干山
有人在铸剑
有人要寻仇
割下一颗头颅
交给时光老人
此情此景
深深打动了我
莫干山
我在此造一屋
乔木、宝剑与毒蛇
我命中注定
要拥有你们

李利拉的作品

要活就与你活成张家界（组诗）

1
千峰万壑百兽百鸟齐唤我乳名

我终于是我
我不必是我

只要是某棵山松的一枚松针
就完全不必思考下山的路了

2
我要飞飞不过西海
我要高高不及天子山

就把我
植于峰顶

再借宝峰湖
这面镜
照一照我
逃出凌烟的样子

把后半生
交给这山这水

要死就与你死成夫妻岩
要活就与你活成张家界

3
山风逆袭
似感觉
辛巴刀疤就在近处
也想读懂黄狮寨的
兄弟写下的沧桑吗

那些滴血的
故事
已在
滴翠

森林之争
只为山河之爱

爱,是终极的王

4
我敢肯定,联合国教科文组织官员中
一定有诗人。当年,他们将武陵源列入
《世界自然遗产名录》的技术评估报告写道:
武陵源三千座以上的山峰,展现出
比美国及澳大利亚遗产地要更垂直的轮廓
天!这可是比诗还要毒的眼光与语言啊
我不知道他们有没有带走武陵源的云和峰
但我敢肯定,他们提走了不少泣鬼神的诗
更要命的是,有的官员摇身一变成了诗仙

朱建业的作品

蒙娜丽莎的微笑

我一直理解不了蒙娜丽莎的微笑
太神秘了！有时甜蜜，有时忧伤
有时嘴唇紧抿，像有点娇嗔……
一幅静态的画，似乎拥有鲜活的灵魂！
直到我看到婴儿，直到我
看到婴儿凝视母亲的微笑
我才突然明白：原来这是达·芬奇的创举
他把婴儿对母亲的微笑
画到了蒙娜丽莎的脸上

那是上帝的微笑
那是上帝凝视这个世界时
微微一笑

我的一生

龙潭公园,阳光灿烂
孩子们在小溪捞蝌蚪
我看到他们像邂逅自己的童年
老人们在湖边唱歌
我遇到他们像遇见苍老的自己
时光骤然静止,仿佛
我的童年、中年和老年重叠在一起

微风拂过湖面
一道道涟漪像镜面上的裂痕
每道裂痕都映照着
一片完整的天空

万箭穿心

我发现所经历的
都是曾给出过的
送出的玫瑰
会在我笑容里绽放
扔出去的荆棘
会在路上等着我
让我头破血流

时光有特殊的魔力
"出来混,迟早要还的"
你放出去的暗箭
总有一天会全部射回来
让你万箭穿心

秋色

喧嚣退去,露出湖面
平静的掌心
纹路随风漫开
从此岸到彼岸,从春草到秋梧
一片白云
渡我到人生的秋天
不必伤秋悲月
我迟早会离开自己
像白云一样潇洒地
跃入湖中
成为这秋色的一部分

在白云之上

雄鹰的翅膀划过落日的余晖
在白云上翱翔　我悸动不已

这寂寞的高度里
我俯瞰到自己在人世的命运——
它如此的孤傲　像云一样洁白
却飞翔在不可预知的旅途上

我用整个秋天来爱你们

黑暗一早就散了
我们在草地上里尽情欢乐
蜻蜓在你们身边飞来飞去，
你们在我的身边飞来飞去。

这世上没有一样东西我想拥有
除了你们天使般的笑脸
秋风吹走了所有阴霾

没有人值得我羡慕
遭受过的苦难
都已忘记
直起腰来
在你们美丽的眸中
我望见了蔚蓝色的
大海

这个秋天多么美丽
美丽得如此纯净

如碧空中自由自在的白云
而我，用整个秋天来爱你们
用整个秋天来收获这份
童真和喜悦

乌云

那该死的乌云
因为惧怕一片云彩
不惜把整个天空抹黑
但别嘚瑟　太阳
迟早会出来的

荔枝公园的清晨

天边的晨曦
把最初的爱洒向人间
黑暗渐渐清晰
青草在微风中颔首、微笑
它们是大地永远的初恋
湖面晶莹如玉　把天空映在心底
诗人行吟的影子带着微风
水中的皱纹一波一波荡漾
映照着我的灵魂
依旧枝繁叶茂

肖和元的作品

张家界（组诗）

天门洞
是谁洞开仙山之门
洞开这万里云气
朗朗乾坤，孕育了
武陵山脉之精魂

土家悠扬的歌声
从此沿着一管长笛
在碧绿的洞口汇聚，欢鸣
千百年的悲欢离合
在群山的起伏中豁然开朗
洞顶垂落的水滴
化作永不干涸的山泉
充盈古老而年轻的眼眶

遥望天门,我呵气成云
将那朝晖夕照,日月星辰
收藏于眼底和胸腔
封闭的世界被打开缺口
神奇的故事不胫而走

金鞭溪
挥动金鞭,抽打十里溪水
十里溪水荡漾在心头
不见小鱼游动,也不见
娃娃鱼的尖叫打破一片宁静
陡峭的崖壁,把懒洋洋的日光
披在完全裸露的肌肤上
此刻,阴柔与阳刚
谷底的蔓草和坡上的松杉
绘出一幅绝美的图画
让造物主轻轻挽在我的臂膀

丢掉金鞭,扑向十里溪水
碎银铸造出的一面镜子
把脸泡在水中,周身微凉
清爽透过骨髓,血液里的杂质
顷刻间全部逃亡
抬起头,看见镜中的自己

已华丽转身，不再抑郁彷徨
金鞭溪啊金鞭溪，挥动你的鞭子吧
驱动我的灵魂，与溪水共流淌

索溪峪
你的柔美，是你头上的云鬟
你的娇艳，是你刻意的隐藏
云开日出，你的姿容
被嵌入画家的画框
作家和诗人，用一声感叹
完成对你的造访

你的阳刚，在午后而非早晨
你的神武，不是庞大而是精美
壁立的身影，让世人倾倒
嶙峋的面容，引无数英雄竞折腰
天地精华，无出其右
天下美名，唯有你可以照单全收

黄龙洞
海水退了，龙宫关上大门
所有的珍宝，都习惯了黑暗
贼看不见也偷不着
黄龙洞才保留一份纯真

一丘丘梯田，一块块镜面
地下河的水声像古琴响彻耳边
宽阔的厅堂金碧辉煌
金銮殿没有端坐的龙王
石笋直指天穹，是谁拔出宝剑
将尘封的世界击穿
又是谁种上一根定海神针
支撑着黄龙洞到如今

海水退了，龙宫打开大门
所有的珍宝曝光于世人
目光们像火炬照亮着洞府
那见不得光的，却被人深藏在肚腹

十里画廊
青山支起画框
云雾四处飘荡
山风山雨从垭口赶来
一泼就泼出个十里画廊

没有神笔马良
描不尽眼前的景象
只有背着药篓的土家汉子
在日日夜夜深情守望
遥想当年，这个血腥的战场

云遮雾绕,像蒙娜丽莎
用谜一样的微笑掩盖真相

宝峰湖
男人是山,女人是水
山水相依才是风水宝地
宝峰湖,这颗张家界的明珠
像土家少女充满着灵气

白练当空舞,珠玉飞峭壁
清澈的湖水映照天空
映照树影,映照数不清的游人
把一幅幅叠印的画卷伸展到天际

飞流界峰,飞入眼中
一睹沈鹏先生豪放的墨迹
莫非是湖水当墨,巨峰作笔
才有宝峰湖这看不透的秀与奇

李小英的作品

南岳山上（组诗）

美丽南岳
你游历祝融峰和天柱峰
知道虔诚会桥是完成心愿之旅

你朝圣道教和佛教
知道诵经礼佛是想
把一些因果交给佛菩萨

南岳如衡器可称天地

你看，那么多的蜻蜓
为了永远光明也在展翅虔诚

你看，白云寺上空的佛菩萨
带着月亮，来诞生光明

岳林村的风
以河为界，右边是贵妃凰菊基地
左边是一片向日葵和桃林

我住在这小山村
八月的知了飞过我的肩头

树叶击碰交响曲
风声、雨声从一只耳朵穿过另一只

我的心在树叶间，仿佛
磕磕碰碰，住了一宿

风起云涌
在山那边住了一宿

大暑时分
现在它能与那些
出生在树上的鸟儿同起同坐
现在它能一飞冲天也能纵情鸣叫

它站在有生的舞台看到
云与衣裳共舞，花与容共舞
大暑与热共舞，鸭子与龙虾共舞

高飞之鸟与美食共舞
深潭之鱼与芳饵共舞

它曾在暗无天日的泥土下生存三年
与赤裸裸的泥土共舞与静默共舞
金蝉脱壳后。它的生命与绿色共舞
它的希望与绿色共舞

美人池
美人池拒绝了活菩萨
也拒绝了白玉兰,连理枝和摇钱树

美人池说自己是苦海的容器
在接受佛经和空气的洗礼

它低着头虔诚,今生只为陈妃沐浴梳妆

会仙桥
谁在试心桥虔诚
仰望
云海漫天
俯首
万丈深渊
回眸
蜿蜒回路转

对面
一只金龟朝圣
笑看
人间烟火

阿弥陀佛
我发现我的眼睛不在前方
它在天空的湛蓝处
注视万千世界
以平和的心态
观人生沉浮

我不在尘世
因为还有另外一个我

南岳雾凇
大自然最清澈的眼睛
雾之影
凝聚天地之灵气
赶走，孤独、寂寞和忧愁
沐浴
行者无疆
开光
一草一木

闪亮的眸子
一点　两点　三点
凝结成花瓣语
又走进舍利塔那无声的佛果

红尘之外
那一天——
天上千万朵雪花在飞舞
地上的树木，早已站成行
静候一丝丝的相思瘦

你独自徘徊在雪地
深深浅浅的脚步
留下平平仄仄的绝句
也轻轻地带走雪儿的心

那一刻——
清风送来甘甜
梦随风走走停停
万物陶醉在晶莹的世界

你点燃手中的香烟
跳动的火苗漾起佛心
那是一根火柴与一根香烟的情缘
那是一场冰雪消融的柔情

南岳之舞

你说：我的世界
像云像雾像雪
你是一位苦行僧
猜不透金刚舍利塔的落寞
看不到木鱼声声不破厚厚的网
弄不明藏经殿连理枝的相依相偎

你还说：天柱峰弹好的棉花
为什么会飞到天上
——变成云
未弹的，却掉在地上
——变成雪

我想说：我的世界
你无须懂——
或许我如玉板桥的枫叶
没有烂漫没有浮躁
喜欢安静中体会生命的成熟和深沉

有一天，你会伫立在——
岁月与旷野
和我深情凝望
随着时光伴我渐渐老去……

木蝴蝶

南岳山上有你独特的婧姿
与风为伍,与木鱼为伴
蜕变生命的绿叶
摈弃奇花异草的"争妍斗丽"
放下野性的美
我的木蝴蝶

我听到你在山林的心跳
触摸到你不愿意飞的翅膀
听到你说话的声音
你说,你与佛有缘
且深深地爱上了南岳山
我的木蝴蝶

你不穿道服或不披袈裟
心中有佛
眼睛里飘出一朵朵白云

你双手合十,阿弥陀佛
世界上最圆满的事情是
四大皆空
我的木蝴蝶

枫叶红了

不见你时

满眼迷惘

深秋的枫叶,渐渐红了

月光泻下时

晚风翩跹

枫叶摇曳,款款而落

夜深人静时

秋蝉心乱

留下了小小的哀愁

悠然的月光

静谧的夜晚

眷念的是

浅红,还是深红

藏经殿,众生花开

浑身都是黄色或藏红

我只是在藏经殿绽放。那些

百花争鸣的头衔,我早已放弃

远道而来的朋友问:"这是什么花"

"众生花",我认真回答

众生花留下,陈妃梳妆、美人池
连理枝和同根生
的清冷,孤独和寂静
这些就是我要在深秋花开的理由

如果可以,我想把
明太祖朱元璋赐《大藏经》
经书不完整的部分找回
在夜里常见烛磷火时偷偷找回

半山亭
晚秋
是半山亭的秋水长天
红红的枫叶
沿着梵音谷潺潺
一路逍遥

如果此处降霜
只见
小小的焰火
把山路,人家,白云
一次次地
唤醒

孟小语的作品

玻璃桥上

悬崖峭壁在玻璃下面寂静无声,有那么一会
我不说话,只想象自己走在一扇紧闭的窗户上面,轻脚轻手,接近小而无——

而此刻,脚下耸立的气流、深壑
和被风刮来的散乱时间,这些
似乎都与我无关……没错……我在飞

是长久沉浸于自己的孤独,让一只金丝雀
有了想要冲破这扇玻璃窗户冲动

是一只白鹭滑翔过大峡谷时候的悠然
让我麻木许久的心,忽然悬空

他,是谁?

这里没有蓝天,不见云雾
唯有我抬头仰望"黄石寨风景区"几个大字
唯有湿冷的风鞭击着正在发烧的我

突然他走过来
小声说:"你真像个白雪公主"

惊异中,我听见所有的声音都像玫瑰
那么他是谁呢!他认识我吗?
哦,对了

他,就是穿过黄石寨石林区的第一缕阳光
而他的话经过时恰好温暖到我的心
叫我忍不住写下了桃花源中有棵苍松

土司王府妃子楼的光

光照向一面灰石砌成的厚墙面
它只照到挂有山羊头
木质雕花窗扇下位置
墙很厚,窗的确很小
墙根下紫花苜蓿一摇一摇

窗里面住着谁？光不知道
墙里面住着谁？光不知道

它只是不停在照耀
——不停在照耀
这座拥有过无数少女初夜权，王的
府邸，像是某种迟到的治愈药

回音壁

站在回音壁前的山崖边上
面向阳光
听他人丢出的声音在空中展开、迂回
炸裂……回答
突然想起昨天傍晚的一幕——

坐在左侧男生眼里的玫瑰
坐在右边女生眼里闪光的泪花

面对这些，令人羡慕的情谊
我倒吸了一口凉气：
"即使你来到回音壁前
你也可能是一个孤独的哑巴！"

在宝峰湖上

回去之前你问我想了什么
我说我什么都没有想
假如可以回想,我想我会想如果没有感冒
没有怕那迎面相撞的冷硬湖风、落叶
我会在两岸青山绿又绿的湖心游船上
打盹睡觉,或者温柔地把形式生活撂去一边
听船头阿妹唱好听山歌
听阿妹教我如何对着亭台上的你喊"哟……喂"
然后试着把自己放进这青青远方
想象自己成一条娃娃鱼的形状
而当我用力浮出水面喊一声:"哟……喂"时
奇山异水的你
——会拨开远处山岚和藤蔓似的云雾
回我,一声:"哟……喂"

马萧萧的作品

诗蜜娃底

天下之大,何处为佳,何处为家?

天不答,云乱画,风起沙
像一个着急的哑巴,没法给我回话

话说,诗蜜娃底,意为美丽的黄草坝

它在云南省下,德宏傣族景颇族自治州下
盈江县下,苏典傈僳族乡下
苏典村下,下勐劈村民小组
一个越说越小越说越远的地方,发芽

如今的香格里拉
全都躲在一个越来越小越来越远的地方,开花

民勤县的西瓜熟了

盛夏,情人眼里出西瓜
有一个问题,我实在像
巴丹吉林沙漠、腾格里沙漠一样
难以消化:小小的
藤蔓上,为何能结出这么大的瓜
而且还这么甜,而且还刚好是在
人们需要解渴的盛夏
这问题,或许只有无所不能的神,能回答
当我一瓣一瓣,啃着这些
鲜血淋漓的果肉时,真的感到害怕
怕那无处不在的神,突然变卦

不夜村

嗨!两个白天之间夹着一块黑夜的馅

那个睡前洗脸的人,莫非是要
干干净净地去梦中会见情人?

而我是一个诗人,一个夜行僧
也算得上是一个熬夜大王
我能把每一个黑夜,都熬出一个白天

两个白天之间,夹着一首瘦弱的诗篇

白马浪

奔流到海不复回的黄河水,李白说它是从天上来的
我想,它一定是老天爷
捐赠给人间的一片心意

在这礁石的驿站,它还特意激起了
一朵朵小确幸的白浪
远远望去,就像一群任我挑选、换乘的马

扁都口

七月中旬,大西北这个偏远荒凉的地方
终于把自己修炼成了
金光灿烂的中心广场——

民乐县,名副其实:扁都口的油菜花开得正旺

当我们如同中年得子一样,捡到了祁连山
这十万亩姗姗来迟的狂欢
扁都口的郊区——兰州、郑州、杭州、广州的
头顶上,定然也有普世的云白、天蓝

蜜蜂激动得嗡嗡直哭,向无所不在的神灵请安

武夷山记

天游峰,高且险。山雨欲来未来
问题却来了:在只能容一人通过的石径上
我看到一位老者迎面而下
而且还略似朱熹朱老先生的模样
这路该咋让?而且也没法让
是他转身,带我快快上山巅
望群峰悬浮、九曲蜿蜒、竹筏轻荡?
还是我干脆陪他下山到小店
且饮岩茶,点几碟红菇、香菇、笋干?
听他言:上而无极、太极
下而至于一草一木一昆虫之微,亦各有理
宋时之云雾,而今也茫茫

城中村

这城里一户一户的
一户一户紧紧相邻
一户一户都是互不相关的孤影

我们村也一户一户的
一户一户都离得不近
一户一户被一缕乡音抱在一起抱得紧紧

我始终未改的乡音,正是自己舌根里
不断扩充的市井中
那一个谁也拆迁不了的城中村

峰峦、溪流、鸟语、蛙声
还有一根噌噌拔节的竹笋……

王芳闻的作品

长安春望

杨柳袅娜
粉梅如雪
方过夕春
鹅眼桃腮笑春风

才过梅园
又入杏坞
树树芳华经岁寒
千枝万朵天地情

陌上东风
雁子归来
恋着旧柯
喳喳枝头闹春浓

玉蟾上檐头
曲水漾月华
舟上弦歌如丝竹
岸上唐女踏歌行

月华为裳
霓霞为裙
梅斜一枝玉簪头
轻舒玉袖揽春风

长安望春
风月无边
五陵骚客心有念
会向瑶池月下逢

雨水·春殇

雨水嘀嗒
大地苏醒
卅多个不眠之夜
你用生命守护生命
你用疼痛顶住了天空
在黑夜里燃起一道绚丽的彩虹

亲人呐，不忍离殇
多么想再看你一眼
把你留在我的生命里
留在太阳行走的眼神里
可是，你却长眠在这个初春的黎明

回眸
那一情，那一景
你不顾风骤雪急
一腔热血伏虎降魔
温暖依然滚烫
提起笔，每一个汉字都心疼
喊一声，每一寸山河都流

春天来了
雨水滂沱
让每一缕春风为你送行
每一片月光为你牵引挽幛
每一朵花儿为你祈祷
祝福你在星星里安魂

花是人的前世今生

四月，野蔷薇
在六十里页梁

布下盛大的道场
山径上黄花滟滟
繁星的眼簇簇张望
迎接游子回乡

槐花女儿
红尘漂泊
槐树爷爷还记得我的姓氏
领我走入血脉

一炷香，三叩首
认过天地祖宗
一朵槐花儿浸酒，天香入骨
带我回归白色的花族
野风，摇响一串串白色的风铃
谁是谁的前世今生

芒种

布谷鸟从太阳啣来光子
把光芒种在大地
种在河流山川
种在心田
咕咕咕咕
书写丰收的诗行

于是每一粒壤土都有了辉
每一滴溪水都有了亮
每一片叶子都有了莹
每一朵花瓣都有了灿
每一粒麦穗都闪出芒
每一个生命都透出喜悦的光

夜晚黝黑,魔鬼霍霍磨牙
没有什么生灵胆怯
努力伸出触角,捕捉月光
小小萤火虫绽放光明的心
让生命亮堂

星星点灯
照亮诗人的梦想
夏风呢喃,蟋蟀唱诗
诗笺上闪烁的每一个字
都是布谷鸟种下的光
都长成一颗星星
放射出钻石般的光芒

郭村塬是一首诗

六月,蜀葵,野菊花,指甲花
在塬上铺陈构思一首诗

读懂它们的人
都有一颗植物之心

欧洲月季,万里迢迢迁徙农家
与田埂一株向日葵相思
一畦豇豆花
借一阵夏风,爬在高枝上飞吻
向季节表达爱慕

苞谷站成方阵
抱着珠玉般圆润的婴儿
与高粱密谋
给世界一个足够大的青纱帐

植物是最完美的情人
都有低到尘埃的爱心
它们一笑,村庄就热烈起来了

用一朵朱樱花点亮心灯

有些浪花是可以点燃的
比如万泉河

龙王吐一口火,整个海水就燃烧了
岛上的朱樱花也燃烧了

燃烧的还有三角梅，木棉花
妈祖庙的香烛
以及舟船上的渔灯

一滴泉水
就烧红了斧头镰刀
一万滴水就燎原了整个斗篱高举的火把
琼海那一页页发黄的历史
或是文宗的龙旗，或是船娘的旧伤口，隐隐作痛

为了青梅，琼花
在文宗渡，用一朵朱樱花点燃心灯
抚平欣喜或是创伤

骑楼老街

冬月，老街的三层骑楼上
悬挂着一张月的弯弓
三角梅爬的很高
在珠瓦檐上窥探
与一株沉溺于蒿丛中的枯草悄悄对话

话题海阔沧桑
可以是文宗与青梅
可以是康熙帝

也可以巷闻趣事
历史在石板街上嗒嗒走过

每一扇饱经风雨的窗扉
都打开了
骑楼剧院的儋州调子
椰子郎的吆喝
黄包车扎扎碾过的声音
熙熙熙攘攘

老街,不是想象的那么长
那头挂着夕阳
这头挑着月亮
我望了望岁月的来龙去脉
就悠闲地溜达

南洋饭馆,板鸭酒肆,槟榔西施……
那个正在街角弹吉他的青年
还有两排摇曳的椰树
他们是老街洪荒的煽动者

老街清凉呵,
椰酒的浓香热情洋溢
今夜啊,抵不住诱惑
我举着苏东坡盛进月亮和大海的酒杯
酩酊大醉